Anne Morrow Lindbergh
Wind an vielen Küsten

Aus dem Amerikanischen von
Elisabeth Piper

Piper München Zürich

Von Anne Morrow Lindbergh liegen in der Serie Piper außerdem vor:
Halte das Herz fest (513)
Muscheln in meiner Hand (1425; mit Farbfotos 3099)
Stunden von Gold, Stunden von Blei (1507)
Verschlossene Räume, offene Türen (1658)
Blume und Nessel (1934)
Das Schönste von Anne Morrow Lindbergh (2867)

Über Anne Morrow Lindbergh liegt in der Serie Piper vor:
Joyce Milton, Die Lindberghs (2425)

Ungekürzte Taschenbuchausgabe
1. Auflage Januar 1987
4. Auflage Dezember 2000
© 1938, 1966 Anne Morrow Lindbergh
Titel der amerikanischen Originalausgabe:
»Listen: The Wind«, Harcourt, Brace,
Jovanovich Inc., New York 1938
© der deutschsprachigen Ausgabe:
1956 Piper Verlag GmbH, München
Umschlag: Büro Hamburg
Stefanie Oberbeck, Katrin Hoffmann
Foto Umschlagvorderseite: Premium / Stock Image
Foto Umschlagrückseite: George Joseph
Gesamtherstellung: Clausen & Bosse, Leck
Printed in Germany   ISBN 3-492-20653-0

INHALT

Rückenwind 7
Können wir landen? 11
Ein Transatlantik-Flughafen 19
»Wir brauchen dringend Schäkel« 28
Wo sollen wir schlafen? 36
»Ich bin hier Chef« 43
Es gab auch andere Zimmer 49
Neuer Morgen und neue Pläne 60
»Brasilien? Er drückt den Knopf« 66
Zurück nach Dakar? 74
Kontakt mit der Außenwelt 79
Gelbes Fieber? 85
Die leere Schachtel 89
Erstarrte Gesichter 95
Die Türme auf dem Hügel dort... 101
Und die Engländer 104
Welt bei Sonnenaufgang 112
Vergeblicher Start 118
»Sonne und Sterne sind mein...« 122
Bei Mondlicht 127
An die Erde gekettet 134
Wir versuchen uns zu helfen 138
»Horch! der Wind erhebt sich« 143
Wie ein Vogel im Nest 154
Die Nacht 161
Ein Leuchtturm in der Ferne 167
Der Tag 171
»Und alle Lampen sind entzündet« 175
»Und wende den Blick vom Meer« 183

RÜCKENWIND

Rückenwind! Ich blicke seitlich aus dem Flugzeug hinab auf die langen weißen Streifen im Wasser unter uns. Weiße Bänder, unregelmäßig wie verwickelte Wollsträhnen und dennoch alle in eine Richtung weisend, alle gleichlaufend mit dem Kurs unseres Flugzeugs, von der afrikanischen Küste südwestlich auf die Kapverdischen Inseln zu. Der Wind war während des ganzen Fluges von den Azoren her unser Helfer gewesen; immer spürten wir ihn, wie er uns vorwärts drängte, wie er uns brausend auf den Fersen war, wie er in den Streben pfiff. Er trug uns mit sich auf seinem Weg, wie ein Schiff, das mit vollen Segeln vor dem Wind dem Hafen zueilt, ohne eigene Anstrengung dahingetrieben wird in rascher, schwebend leichter Fahrt.

So waren wir von Spanien hergekommen. Die letzte Nacht hatten wir vor maurischen Zelten am äußersten Ende der afrikanischen Wüste zugebracht; die Nacht vorher in Las Palmas auf den Kanarischen Inseln, zwischen den Bazaren und Kaufläden, den Docks und Märkten dieser alten Wegkreuzung zwischen Ost und West. Wieder eine Flugetappe zurück: die Azoren, der einsame Stützpunkt mitten im Atlantischen Ozean. Und vorher: Lissabon. Immer nur ein Schritt war es von einem Ort zum andern gewesen, aber ein Riesenschritt: Horta, Ponta del Gada, Las Palmas, Rio de Oro. Und immer waren infolge des guten Windes unsere Benzintanks voll gewesen, immer hatten wir etwas mehr Zeit, etwas mehr Treibstoff gehabt, als wir erwartet hatten. Unberechenbar ist dieser Wind. Zuweilen drückt er auf den einen Flügel, dann auf den anderen, lockt einen unmerklich vom richtigen Kurs ab. Jetzt wieder faucht er einem wild ins Gesicht, macht das Fliegen zu einem Wettlauf mit der Zeit, stiehlt einem das kostbare Tageslicht, frißt den Treibstoff. Dieser Wind, sonst so eigensinnig, unzähmbar und tückisch, war seit über 3000 Kilometern unser hilfreicher Freund gewesen. Immer konnten wir uns auf ihn verlassen, so als habe, wie in der Odyssee, ein Gott alle widrigen Winde eingesperrt und nur den freigelassen, der uns heimwärts trug.

Denn wir waren jetzt auf dem Heimweg. Unser Erkundungsflug über den Nordatlantik war beendet. Ein Sommer in Grönland und Island, ein Vorfrühling im Nebel und Regen Europas. Kopenhagen, Stavanger, Southampton, die Küsten von Schottland und Irland, Spanien und Portugal, die Azoren – alles Startplätze für neue Routen nach Amerika – hatten wir erkundet. Dann ging's die afrikanische Küste hinunter, unserer letzten Flugstrecke über den Atlantik zu. Die Kälte und den Regen hatten wir auf diesem Wegstück hinter uns gelassen; aus den Wolken heraus waren wir in einen klaren Himmel, in heiße Sonne und günstige Winde geflogen.

Ein ordentliches Stück Weg, diese letzte Etappe von 2600 Kilometern, von den Kapverdischen Inseln zur südamerikanischen Küste! Aber dieser Nonstop-Flug, volle zwölf Stunden über den Ozean, würde uns von einer Hemisphäre in die andere bringen. Wir würden wieder in Amerika sein. Wann? Werden wir wohl – fragte ich mich – übermorgen abend diesen Riesenschritt schon hinter uns haben? Wo mögen wir in einer Woche sein, überlegte ich, während ich auf die unzähligen kleinen weißen Kräuselwellchen dort unten auf dem schimmernden Meer hinabblickte. Irgendwo an der Küste von Südamerika, auf einer regelmäßig beflogenen Strecke, über einem Gebiet, das wir schon einmal überquert hatten? Paramaribo, Georgetown, Trinidad, lauter vertraute Namen, vertraute Orte – auf dem Weg nach Hause.

Es schien unglaublich. Aber damals konnte mich einfach gar nichts überraschen; ich flog durch den Himmel, den Wind hinter mir, den Horizont weit und offen vor mir, in blendender Klarheit, die blaue Kuppel weiß gebrannt vom Glanz der Sonnenstrahlen. Und als ich nun an das dachte, was wir schon erreicht hatten, an diesen Sommer, der mir wie ein einziger langer Flug vorkam, da schien mir unsere Macht so unendlich zu sein wie der Himmel, in den wir hineinflogen. Gestern hatten wir Europa überquert; heute berührten wir Afrika, morgen würden wir in Amerika sein...

Nun kam der letzte Sprung über den Ozean, und das Sprungbrett – die Kapverdischen Inseln – lag bereits dicht vor uns. Diese kahlen, braunen, vom afrikanischen Kontinent abgebrochenen Stückchen sind der südamerikanischen Küste um rund 300 Kilometer näher als der nächstgelegene Punkt in Afrika. Die Entfernung von Dakar am äußersten Vorsprung von Afrika bis Natal am äußersten Vorsprung von Südamerika beträgt ungefähr 2900 Kilometer. Hingegen ist es von Santiago, einer kleinen Insel in der Kapverdischen Gruppe, bis Natal nur etwa 2500 Kilometer. Der Unterschied zwischen 2500 und 2900 Kilometern bedeutete für unsere Maschine die Differenz zwischen einer beruhigend großen Treibstoffreserve und einem Benzinquantum, das für die Ausführung des Fluges gerade noch hinreichte; den Unterschied zwischen normaler Fahrgeschwindigkeit und der Notwendigkeit, um der Benzinersparnis willen das Tempo stark zu drosseln; den Unterschied zwischen einem Flug bei Tageslicht und einem, bei dem wir in die Dunkelheit geraten würden. Kurz und gut, es war der Unterschied zwischen einem leichten und einem schwierigen Flug.

Infolgedessen hatte mein Mann, als er im Frühsommer Karten des Atlantischen Ozeans studierte, Entfernungen abmaß, Häfen suchte, sich entschlossen, den Flug von einer der südlichen Kapverdischen Inseln aus anzutreten. Wenn die Karten auch keinen tief in das Land eingeschnittenen Hafen zeigten, so schien ihm Porto Praia doch einigermaßen windgeschützt zu sein. Und besonders günstig war der Umstand, daß Porto Praia einen Flugzeugstützpunkt für den französischen Transatlantik-Verkehr aufwies. Die nötigen Vorkehrungen für die Aufnahme frischen Treibstoffs waren getroffen, unsere Flugroute festgelegt und unser Funkgerät auf die südamerikanischen Stationen eingestellt worden. Wir hatten nichts weiter mehr zu tun als in Porto Praia zu landen, Benzin aufzutanken, abzufliegen und auch weiterhin auf unseren Freund, den Rückenwind, zu vertrauen.

KÖNNEN WIR LANDEN?

Mein Mann ließ das Flugzeug schaukeln, um meine Aufmerksamkeit zu erregen; dann reichte er mir eine Nachricht nach hinten, die ich funken sollte.

»*Boavista gesichtet* (wahrhaftig, da waren sie ja schon, die Kapverdischen Inseln, undeutliche, graue Erhöhungen, fern am Horizont). *Werden Porto Praia ungefähr 15.00 landen.*«

Nur noch zwei Stunden, und es war erst Mittag. Natürlich hatten wir Rückenwind ...

Zuerst sahen die Inseln wie alle Inseln aus, die man von weitem erblickt, nebelhaft, verschwommen und grau, als seien sie ein Teil des Ozeans; eine Reihe von Wogen, eine ein bißchen höher als die andere, im Augenblick entstandene Wellenkämme, die gleich wieder zusammensinken würden. Allmählich aber nahmen die Inseln eine bestimmtere Form an. Die Wogen behielten ihre weißen Kämme, ihre Formen erschienen nun unregelmäßig. Auch ihre Farbe, anders als die des Meeres, ging in ein härteres Grau über, verlor ihr helles, atmosphärisches Aussehen.

Als wir näher kamen, erkannten wir, daß es keine runden, in gleicher Höhe aus dem Meer herausragenden Gebilde waren. Leichte Wolken, vorher unsichtbar, lagen über den Inseln und bedeckten einige der vulkanischen Bergspitzen, so daß sie alle gleich hoch erschienen. Auch die Küsten fielen keineswegs sanft zum Meer ab, sondern waren zerklüftet und unregelmäßig und zahlreiche Felsen und Riffe zeugten vom immerwährenden Kampf mit den Elementen. Hier war es einem gezackten Vorgebirge gelungen, sich gegen den wütenden Ansturm der weißschäumenden Wogen zu wehren. Dort drüben hingegen hatte das Meer den Sieg über das Land davongetragen, es gleichsam zurückgedrängt, und so eine flache Einbuchtung entstehen lassen.

Ganz Santiago wies dieses seltsam zackige Profil auf, gerade als ob aus einer ursprünglich vollkommen runden Insel große Stücke herausgebissen worden seien. Das Innere der Insel, das zu einem vulkanischen Gebirgszug anstieg, sah von Wind und Wetter mitgenommen, braungebrannt von der Sonne, kahl und trocken aus, an manchen Stellen war es von großen grünen Rissen durchzogen: tiefen, von tropischen Regenströmen herausgewaschenen Schluchten, »Barrancas«, in denen sich kleine Baumgruppen duckten.

Das ist kein Wüstenland wie die hinter uns liegende afrikanische Küste, dachte ich, als ich auf die Schluchten, deren Schroffheit graugrüne Bäume milderten, und auf die regelmäßig bebaute Erde in manchen Tälern hinunterblickte. Aber auch kein Dschungelland wie die Küsten von Amerika, zu denen wir bald gelangen würden. Dieses Land war keiner anderen Gegend ähnlich, die ich kannte. Diese Inseln ... wie waren sie nur? Ich suchte nach etwas Vergleichbarem, aber vergeblich. Es waren Inseln – sonst nichts, ins Meer gestreute, verlorene Inseln, gerade recht als Ausgangspunkt für den großen Flug.

Für uns zumindest bedeuteten sie das und nichts anderes. Hatten wir nicht auf der Karte, in die sie fein säuberlich eingezeichnet waren, den Finger gerade auf den Hafen gelegt, der jetzt unter uns lag? Waren wir uns nicht wie Götter vorgekommen, die mit der Welt schalten und walten können, wie sie wollen? Hier, hatten wir gesagt, wollen wir landen, wieder auftanken und dann auf direktem Kurs nach Südamerika weiterfliegen. Und auch jetzt fühlten wir uns noch wie Götter, als wir aus der gewaltigen Höhe hinabschauten auf die zerklüftete Küstenlinie, auf die winzigen glitzernden Wellen dort unten, auf die schaukelnden Boote, auf die den halbmondförmigen Hafen von Porto Praia umsäumenden gelben und rosa Puppenhäuschen. Dort unten lag unser Ziel. Unser

Treibstoff wartete auf uns in einem jener bunten Häuser, die nicht größer aussahen als kleine Steinchen.

Aus unserer olympischen Höhe begannen wir in Schleifen hinabzufliegen; es war, als atme der Motor im Hinabgleiten leichter; die Luft pfiff in den Verspannungen. Praia war gar keine kleine Stadt. Einige Straßen führten zum Strand hinunter, aber der größte Teil der Stadt lag etwas zurück auf einer den Hafen überragenden Anhöhe. Der in der Mitte liegende Hauptplatz, von geraden Baumreihen grün umsäumt, war deutlich zu erkennen. Der Hafen war groß, aber nicht geschützt; die Wellen schlugen bis zum Ufer hinauf. Was wir von weiter oben für sanftes Gekräusel gehalten hatten, waren in Wirklichkeit mächtige Wogen. Kein Wunder, daß die Boote hin- und hertanzten.

Allerdings gab es heute auch ziemlich starken Wind. Unser Flugzeug bockte wie ein ungestümes Pferd, als wir über der Stadt kreisten und uns dann wieder dem Meer zuwandten. Wir wurden ordentlich durchgeschüttelt. Vielleicht war es mit uns doch nicht so weit her. Vielleicht waren wir gar keine allmächtigen Götter, die auf dem Rücken des Windes nach Gutdünken dahinsausen konnten. Vielleicht war unsere Maschine statt dessen nur ein winziges Stückchen Baumrinde, das in der Luft wie auf der Oberfläche eines stürmischen, wildbewegten Meeres hin- und hergeschleudert wird.

Dies Flugzeug erschien mir wieder einmal mehr als ein lebendes Wesen, das einen eigenen, sehr ausgeprägten Willen hatte. Jetzt fiel es ihm ein, in eine Kurve zu fegen wie ein scheu gewordenes Pferd, das im Begriff ist, durchzugehen; dann wieder weigerte es sich ganz einfach, die nächste Kurve zu nehmen, störrisch und bockbeinig. So kreisten wir lange über dem Hafen von Porto Praia, bemüht, das Flugzeug in den schnellen Kehren in Zaum zu halten, in den langsamen sozusagen anzufeuern. Und dabei sahen wir die Brandung dort unten unermüdlich den steinigen Strand hinanrollen und langsam wieder zurückweichen, sahen die langgestreckten

Wogen wie Schatten über das Wasser gleiten, dunkel werden, vereint gegen das Ufer anstürmen und sprühend zerstäuben. Und hinter ihnen immer neue ... immer neue, ohne Ende, in ewigem Gleichmaß.

Nie würden wir hier landen können, zumindest heute nicht, solange dieser Wind nicht zur Ruhe kam. Vielleicht an einem windstillen Tag ...

Mein Mann öffnete die Drosselklappe. Wir schossen empor, von der Bucht weg, die Küste entlang. Vielleicht ein anderer Hafen, eine geschütztere Bucht ...

Ein paar Minuten später waren wir über einem winzigen Einschnitt in der felsigen Küste, in dem sich eine kleine Ansiedlung befand, eine aus Beton gebaute Mole, ein Hangar, mehrere Schuppen und zwei Funktürme – der französische Transatlantik-Flughafen. Die schmale Wasserzunge zwischen zwei Felsvorsprüngen war nicht breit genug zum Landen, würde aber guten Schutz gegen den Wind bieten, wenigstens solange er aus dieser Richtung wehte. Wir könnten außerhalb der Bucht landen und dort über Nacht ankern. Jedenfalls war es sehr beruhigend, das breite Dach und das große offene Tor eines modernen Hangars, die Betonmole mit einem großen Kran am äußersten Ende, die sauberen weißgetünchten Häuser und die beiden hohen Funktürme vor Augen zu haben. Hier war unsere Welt, die Welt der Luftfahrt. Hier war technische Sicherheit. Hier war Zivilisation – aber erst mußten wir hingelangen ...

Wo landeten wohl die französischen Flugzeuge? In der Nähe des Flugzeugstützpunktes war keine Möglichkeit zu wassern. Gingen diese Flugzeuge auf dem offenen Meer nieder? Aber diese mächtigen Wellen! Allerdings ... immer war es ja sicher nicht so stürmisch. Heute ging die See infolge des Windes besonders hoch, sogar hier auf der Leeseite der Insel. An einem ruhigen Tag konnten sie wahrscheinlich ohne Schwierigkeit unter dem teilweisen Schutz einer dieser Buchten wassern.

Uns blieb vermutlich auch nichts anderes übrig als das Vorgebirge und dann in einem großen Kreis den Hangar und die Funktürme zu überfliegen, uns dann bis ganz nahe an die unregelmäßige Oberfläche des Meeres hinabzulassen und längs der Küste nach einer Wasserfläche zu suchen, die glatt und ruhig genug zum Landen war.

Immer im Kreis herum ... hoch hinauf und über das Vorgebirge hinweg ... mit Schleudern und Stoßen quer über die enge Bucht ... jäh hinab zum Meer ... kehrt gemacht und in den Wind hinein. Dann lagen wir förmlich auf dem Wasser, berührten beinahe die riesigen Wogen. Wie ein einziger langer Atemzug, dieses Schweben die Küste entlang; jede einzelne Bucht prüften wir, mit jeder einzelnen beschäftigten sich sehnsüchtig unsere Gedanken. »*Dich, dich wähle ich ... in einer Sekunde ... gleich ... gleich ... dich ... aber noch nicht ... noch nicht ... noch nicht ... noch nicht ... nein.*« Dann das Brüllen des Motors, als die Maschine landeinwärts wieder an Höhe gewann, um erneut zum Meer hinabzustürzen – und abgefangen wurde, wieder abgefangen ...

O Gott, was für ungeheure Wogen, dachte ich, als wir die Schaumkämme beinahe streiften. Es war hier schlimmer als in Madeira, und dort hatten wir schon nicht landen können ... mußten bis Las Palmas weiter. Würden wir heute zurück müssen ... nach Afrika? Damals in Madeira hätte es allerdings, auch wenn uns eine Landung gelungen wäre, keine Hilfe für unser Flugzeug gegeben. Hier aber würde alles in schönster Ordnung sein, wenn wir bloß hinunter könnten.

Diesmal ... vielleicht. Beinahe ... beinahe ... beinahe, mit jeder Sekunde sank die Maschine tiefer an die Wogenkämme heran. Nein ... der langgezogene Atemzug des Motors wurde wieder zum Gebrüll. Hinauf über das Vorgebirge schwang sich das Flugzeug, schraubte sich in die Luft, sein wahres Element. Hier oben war es ein König, ein Gott, über alles erhaben, brauchte nicht um Gunst zu betteln ... hier nicht ... erst unten wieder über dem Meer.

Diesmal werden wir landen, so glaubte ich, und hielt den Atem an, während wir über den Wellen schwebten. Ja, wir hatten sie berührt. Nein, wir waren in der Luft. Krach. Ja, wir waren an eine Woge angeprallt. Zurück in die Luft. Was für ein Sprung! Der Motor brüllte, knatterte wild. Ich wartete auf den zweiten Stoß. Jetzt! Klatsch ... klatsch ... klatsch ... klatsch ... hörte das denn nie auf! Ja, wir waren unten. Wir waren gelandet. Aber was für eine Landung ... waren die Schwimmer gebrochen? Doch unten waren wir ... und jetzt ...

Wir drehten uns um, um die Bucht sehen zu können. Sie lag hinter uns. Die Welt, die sich noch vor ein paar Sekunden vor unseren Augen ununterbrochen verändert hatte, war nun zur Ruhe gekommen. Jetzt sahen wir nicht mehr Dutzende von Buchten unter uns vorbeiziehen, nicht mehr Buchten und Vorgebirge und Meer einander in ununterbrochenem Wechsel ablösen. Nein, wir waren hier, nicht mehr frei in der Luft. Diese eine, diese ganz bestimmte Bucht hatte uns aufgenommen, hielt uns fest. Noch vor ein paar Minuten war sie ohne besondere Bedeutung gewesen, eine Bucht unter vielen, die wir zum Wassern hätten wählen können, in einem Gewirr von Klippen, Bergen, Buchten und Wogen. Nun waren die andern alle verschwunden, nur diese eine, ausschlaggebende, war geblieben. Sie war jetzt unsere Welt, diese Bucht mit ihrem Strand und ihrer Brandung, dem großen Riff drüben bei dem Vorgebirge, das den Eingang zum Hafen bewachte. Hier mußten wir bleiben.

Gewiß, wir bewegten uns, aber unsere Bewegung war nicht frei und leicht wie in der Luft. Sie war das Teilchen eines sich in unveränderlichem Gleichmaß um uns her bewegenden Ganzen. Der Motor lief eintönig, nahezu im gleichen Takt. Der Wind brauste, immer aus der gleichen Richtung kommend, an unseren Ohren vorbei. Die Wellen brachen sich aufschäumend an den Klippen, rollten zurück, stürmten aufs neue an. Das Flugzeug hob und senkte sich im gleichmäßigen

Rhythmus der hohen Wogen und trieb langsam zurück, die Küste entlang.

Ein Knattern des Motors. Der Rhythmus war unterbrochen. Unser Flugzeug schwankte heftig, zuerst neigte sich der eine Flügel, dann der andere fast bis zu den Wogenkämmen hinab. Schwerfällig, unsicher versuchte es weiterzukommen. Und der Wind kam nun von der Seite, trieb uns dem Ufer zu, denn unser Seitenruder richtete nichts mehr gegen ihn aus. Auf diese Art mußten wir mit der Zeit gegen die Felsen am Eingang der Bucht geschleudert werden.

Nein, so ging es nicht. Wir drehten, nahmen wieder Richtung auf das offene Meer. Dorthin mußten wir zurück und einen neuen Versuch machen.

Ich warf einen Blick auf unser ersehntes Ziel. Es waren nur ein oder zwei Häuser und ein paar Hütten dort, aber ... der Hangar, die Mole und die Funktürme!

Da, auf einmal sahen wir ein kleines Boot auf uns zukommen, von zwei Negern gerudert. Ein dritter Mann stand aufrecht im Boot und gab ihnen Weisungen ... ein Weißer mit einem Tropenhelm auf dem Kopf. Er schwenkte ein Megaphon und rief uns etwas zu. Wir konnten jedoch nichts verstehen, weil das Brausen des Windes jeden anderen Laut übertönte. Aber das machte nichts, wir winkten und machten Zeichen mit unseren Armen. Ja ... wir wollten in den Hafen kommen. Ob sie uns dabei behilflich sein könnten? Ein Tau ...? Ein Seil?

Mein Mann kletterte zu den Schwimmern hinunter, um die Befestigung des Taues vorzubereiten. Ich hielt das Flugzeug gegen den Wind. Das Ruderboot kam näher. Man warf uns ein Tau zu. Es erreichte uns nicht; der Sturm trieb es von uns weg. Ein zweiter Versuch ... jetzt hatten wir es! Die Männer im Boot ruderten aus Leibeskräften gegen den Wind; aufschäumendes Wasser sprühte uns ins Gesicht. Aber das Boot kam nicht weiter. Wir alle waren in den wild wogenden Wellen der engen Hafeneinfahrt gefangen. Doch immerhin ...

wir trieben nicht mehr hilflos die Küste entlang. Das angespannte Tau, das kleine Ruderboot, die sich in gleichmäßiger Anstrengung zurückbeugenden Neger – das alles half, uns vom Ufer wegzuhalten.

Bewegten wir uns überhaupt vom Fleck? Es war, als kämen wir gar nicht weiter, denn der Wind zog das Flugzeug in eine Richtung, das Boot in eine andere. Ich blickte zum Kap seitlich von uns und bemühte mich irgendeine Veränderung festzustellen. Ich beobachtete ein zerklüftetes, in die weißanstürmende Brandung hinausragendes Riff. Und dort drüben auf der anderen Seite? Ja, jetzt rückte der Felsvorsprung beim Eingang zur Bucht weiter zurück. Langsam wurde er kleiner ... verschwand allmählich. Wir bewegten uns!

Als wir erst einmal in der Bucht waren, wurde es besser. Der Meeresspiegel wurde glatter. Unser Flugzeug schaukelte nicht mehr wild hin und her, sondern bewegte sich mit jedem Ruderschlag ein kleines Stückchen vorwärts; das Wasser plätscherte jetzt ganz friedlich um die Schwimmer unseres Flugzeugs. Die gegen die Klippen anstürmende Brandung lag hinter uns. Es war plötzlich sehr heiß und sehr still. Nur der Wind klang an unser Ohr, gedämpft und fern wie das Rauschen in einer Muschel. Wir warfen unseren kleinen Anker aus. Das Seil klatschte im Zickzack auf das Wasser auf und verschwand. So ... genug ... jetzt hatte der Anker sich im Meeresgrund festgehakt. Schlaff schlängelte sich das Seil wieder an die Oberfläche. Wir lagen vor Anker.

EIN TRANSATLANTIK-FLUGHAFEN

Das Ruderboot kam näher an uns heran; jetzt, da sie nicht mehr gegen den Wind anzukämpfen hatten, ließen die beiden Neger ihre Ruder nur noch leicht ins Wasser gleiten. Ihre Gesichter glänzten, von Schweißperlen bedeckt; ihre zerrissenen Hemden klebten zerknittert an ihren feuchten Rücken. Mit unbewegtem, gutmütigem Ausdruck blickten sie auf das Flugzeug, während ihre Ruder leichte Kreise in dem sich ruhig kräuselnden Wasser zogen.

Der Mann mit dem Tropenhelm schwankte ein wenig, als er nun zum Bug des Bootes ging, um sich uns besser verständlich zu machen. Auch sein blasses, dickes Gesicht war von Schweiß bedeckt. Er hatte einen braunen, zerlöcherten und unter den Armen arg verschwitzten Sweater an; seine plumpen weiten Hosen wurden von einem Gürtel gehalten, der den dicken Bauch zu eng umspannte.

»Monsieur«, begann er mit einem dünnen Lächeln. Französisch, natürlich. Ich mußte übersetzen. Ob das Flugzeug hier gut liege? »Bien amarré?« Ob wir an Land gehen wollten? Wenn ja, was sollte mit unserem Gepäck geschehen? Die Boys würden es nehmen. (Die Boys fuhren fort, freundlich lächelnd das Flugzeug zu betrachten und ihre Ruder leicht ins Wasser zu tauchen.)

Vorläufig nicht, antworteten wir. Der Hafen sei zu eng, um das Flugzeug, nur durch einen einzigen Anker gesichert, hier liegen zu lassen. Wenn der Wind umschlage, könne es gegen die Felsklippen getrieben werden. Man müsse es auf drei Seiten festmachen, wenn es sich nicht vom Fleck rühren solle.

»Eh bien«, er wolle sehen, ob ein zweiter Anker vorhanden sei. »Madame«, wandte er sich aufs neue an mich, »pardon...

Sie werden entschuldigen, daß ich so aussehe ... ich habe hohes Fieber ... ich bin gerade erst aus dem Bett aufgestanden.«

Ich blickte in sein müdes, abgespanntes Gesicht unter dem Helm. Der Mann schien bleich trotz der sonnengebräunten Hautfarbe. Unter seinen Augen bildete das Fleisch schwammige Wülste. Er sah wirklich sehr krank aus. »Das tut mir aber leid«, sagte ich ziemlich erschrocken. »Hätten Sie nicht lieber im Bett bleiben sollen?«

Er verzog das Gesicht. »Mais non, Madame. Ich habe hohes Fieber ... bin gerade erst aufgestanden. Aber das macht nichts ... wirklich nicht ... ich lege mich gleich wieder hin, wenn alles erledigt ist.«

Fieber, natürlich ... die afrikanische Küste, Gelbes Fieber, Malariagegend. Welche Art von Fieber mochte der Mann wohl haben? Besser nicht fragen ... warten, bis wir an Land waren.

Ein großer, rostiger Anker wurde hervorgeholt. Ja, es ging. Wir verankerten das Flugzeug doppelt und machten es mittels eines Seils an einem Felsvorsprung fest. Jetzt, von drei Seiten gesichert, konnte ihm nichts mehr geschehen, was immer auch dem Wind zu tun einfiele. So, jetzt wären wir bereit, an Land zu gehen. Nein, unser kärgliches Gepäck wollten wir vorläufig hier lassen. Wir schlossen alle Öffnungen und kletterten auf die Schwimmer hinunter. Die glänzende Oberfläche des roten Flügels war schon heiß von der glühenden Sonne. Das Ruderboot ächzte leicht, als wir hineinsprangen und gegen den Wind dem Ufer zusteuerten.

Die Betonmole glitzerte unerträglich weiß und blendend in der Sonne. Sie warf ihren Schatten auf den kleinen Strand, dem wir zuruderten. In diesem Schatten standen zwei Gestalten, ein großer Mann und ein Mädchen. Ich schützte meine Augen mit der Hand und blickte zu ihnen hinüber. Beide waren sie jung, und beide trugen sie Tropenhelme. Der Mann war ein Neger. Nein ... vielleicht doch nicht. Er hatte feingeformte Züge, ganz anders als die breiten, derben Gesichter der beiden Boys. Aber er war sehr dunkel, seine Haut schimmerte beinahe ins Dunkelblaue. Und so lang und hager war er, daß sein gutgeschnittener, sauber gebürsteter Anzug traurig schlotternd an ihm herunterhing wie an einem Kleiderbügel. Es sah so aus, als stecke kein Mensch von Fleisch und Blut unter diesen Kleidern, sondern nur das Gerippe einer Vogelscheuche.

Auch das Mädchen war dünn und trug einen plumpen Tropenhelm, der wohl ursprünglich für einen Mann bestimmt gewesen war; er war zu groß und lastete schwer auf dem hübschen, blassen Gesichtchen. Ein dünnes Baumwollfähnchen flatterte, von einem leichten Luftzug bewegt, schlapp um ihre nackten braunen Beine; in den Sandalen steckten magere, staubbedeckte Füße.

Als das Boot knirschend auf den mit kleinen Steinchen bedeckten Strand auflief, kam das Paar näher.

»Monsieur Lindbergh, willkommen!« (Oh, der Mann sprach Englisch, wenn auch mit stark französischem Akzent!) »Ich bin hier der von der Direktion der Gesellschaft eingesetzte Chef ... und das ist meine Frau ...« Sie lächelte ein wenig scheu unter dem großen Helm hervor. Sehr hübsch war sie mit ihrem schwarzen, gelockten Haar und den dunklen, verträumten Augen ... Eine Mulattin vielleicht, dachte ich. »Wenn wir etwas für Sie tun können ... ich habe telegraphische Anweisungen aus Frankreich erhalten ... bitte ...« Er machte eine leichte Verbeugung, und seine magere Hand, die auf das offene Tor der Flugzeughalle wies, wollte offenbar ausdrücken, daß uns hier alles zur Verfügung stehe.

»Sehr liebenswürdig ... vielen, vielen Dank«, sagte mein Mann, »wir würden gerne über Nacht hier bleiben, wenn es geht. Ihr Mechaniker hat uns schon sehr geholfen ...« Mein Mann blickte sich rasch um, aber der dicke Franzose war verschwunden. Er hatte im Schatten des Hangars Schutz vor der Sonne gesucht. Das Fieber, fiel mir ein.

»Für den Augenblick ist unser Flugzeug hier gut verankert«, fuhr mein Mann fort, »aber der Hafen scheint mir bei hohem Seegang zu wenig geschützt. Gibt es hier um diese Jahreszeit Stürme?«

Der dunkelhäutige Mann beugte sich eifrig, aber einigermaßen verwirrt vor. Mein Mann begann aufs neue: »Wo bringen Sie die französischen Flugzeuge unter? Heben Sie sie mit dem Kran und schaffen sie dann in den Hangar?«

Die Gesten des »Chefs« ließen unbegrenzte Dienstbereitschaft erkennen, gleichzeitig aber drückte seine Miene angespannteste Aufmerksamkeit aus, so als bemühe er sich, einen von sehr weit her an sein Ohr dringenden Laut zu vernehmen. Er hob die Hand an den Mund, um ein nervöses Hüsteln zu unterdrücken.

»Sie sprechen Französisch? Je ne comprends pas, Madame!« Sein schmales Gesicht war jetzt mir zugewandt.

»Mein Mann fragt«, begann ich mühsam zu übersetzen, »ob es möglich wäre, das Flugzeug aus dem Wasser und in den Hangar zu schaffen?« Wir zeigten gleichzeitig auf den großen, schwarzen Kran über uns.

»Mais oui, certainement, Madame.« Langsam gingen wir den Strand hinauf.

»Frage ihn«, sagte mein Mann, »ob sie Schäkel zum Heben unserer Maschine haben.«

»Aber ich weiß nicht, was Schäkel auf französisch heißt... habe nicht die leiseste Ahnung... Monsieur, avez-vous des choses...«

»Comment?« Der Mann schaute immer verwirrter drein.

Wir versuchten uns durch Handbewegungen verständlich zu machen und zeigten auf das Flugzeug. Wir hoben mittels hufeisenförmiger, nur in unserer Phantasie vorhandener Kettenringe, eben der Schäkel, ein gleichfalls bloß vorgetäuschtes Flugzeug aus dem Wasser. »Vous comprenez, Monsieur?«

»Ah... les manilles.« (Er hatte verstanden und lächelte. Zweifellos war er eifrig bestrebt, uns zu helfen.) »Wir wollen suchen... im Hangar.« Er wies auf die große Halle. Unsere

Füße rutschten knirschend über die losen Steinchen am Strand.

Der Zementstreifen, der vom Tor der Flugzeughalle zur Mole ging, war durch die unbarmherzig niederstrahlende Sonne glühend heiß geworden. Die vom Wind herübergewehten rötlichen Sandkörner und Steinchen hatten die glatte Oberfläche rauh gemacht. Der Kran selbst mit seinem langen Ausleger und den dreieckigen Stützen war in einem über den Pier emporragenden Betonsockel fest verankert. Der große Lasthaken schwang frei über dem Wasser. Ein Drahtseil baumelte lose an der Sockelwand herab, und in den Rissen im Beton wuchs allerlei Unkraut.

Ich hob den Arm, um mich vor der Sonne zu schützen und mein Haar, das mir der Wind ins Gesicht blies, zurückzustreichen. Mein Kopf fühlte sich ganz heiß an. Wir gingen rascher, um in den kühlen Schatten des weit offenen Hangars zu gelangen. Endlich kein Wind mehr! Die Stille, die uns hier drinnen plötzlich umgab, war mehr als nur das Aufhören des Windes. Eine körperliche Stille war es, körperlich spürbar wie die Kühle eines grünen Blätterdaches unter tropischer Sonne, die Stille eines ruhenden Wassers abseits des brausenden Gebirgsflusses. Wir atmeten tief auf und schauten uns um.

Auf den ersten Blick bot die Halle den gewohnten Anblick irgendeines großen Hangars in der Heimat. Das gleiche Netzwerk der Stahlkonstruktion über uns; die gleichen gerippten Wände, gleichmäßig mit eisernen Trägern gespickt ... für mich lauter Kennzeichen eines zweckmäßig ausgerüsteten modernen Flughafens.

Und doch war die Halle merkwürdig anders, als die, die wir kannten. Etwas fehlte ... wozu all diese modernen Einrichtungen? Wozu die vielen technischen Hilfsmittel? Welchem Zweck dienten sie? Denn ... dies war das Merkwürdige an dieser Flugzeughalle: auf dem Betonboden stand kein einziges Flugzeug; nirgendwo gab es auf Leitern herumkletternde, an Motoren herumklopfende Arbeiter; es fehlten der Lärm und die Geschäftigkeit einer Reparaturwerkstatt; man sah keine Motoren auf der Werkbank, keine Propeller an den Wänden.

Trotz seiner modernen Konstruktion glich das still und tot daliegende Gebäude einer großen, leeren Scheune.

In einer Ecke befand sich auf einem Holzgestell ein altes Motorboot, das offenbar früher einmal dazu benutzt worden war, die ankommenden Flugzeuge ins Schlepptau zu nehmen. Im Hintergrund stand, halb mit Segeltuch zugedeckt, ein kleiner Traktor. Auf dem Boden lagen zusammengerollt verrostete Ketten und Drahtseile umher, ferner ein paar alte Ölkannen und leere Fässer.

Der Franzose lehnte an einem der Fässer, als wir eintraten. Er kam uns entgegen und blickte uns fragend an.

»Monsieur ... wir sind auf der Suche nach ...« Wieder versuchte ich, mich französisch verständlich zu machen. Handbewegungen erläuterten meine Worte.

Der Franzose gab pantomimisch seinem Zweifel Ausdruck. Immerhin wollte er einmal nachsehen ... Er ging in den Hintergrund des Hangars, hob die rostigen Ketten auf und ließ sie klirrend wieder fallen. Dann ging er zur Hintertür hinaus, kam wieder herein und ging wieder hinaus. Geduldig warteten wir im kühlen Schatten und lauschten dem Wind, der draußen rauschte, leise, pausenlos und beharrlich wie ferner Wellenschlag. Unsere Blicke folgten den Steinchen und Sandkörnchen, die einander auf dem Betonstreifen in der glühenden Sonne unermüdlich jagten ...

Noch immer standen wir wartend da; unsere Augen, müde geworden von dem grellen Weiß der Mole, der Wasserfläche dahinter, den glänzenden Farben des im Sonnenlicht schaukelnden Flugzeugs, suchten Erholung in der schattigen Kühle der Halle; alles hier, der Traktor, regungslos in seinem dämmerigen Winkel, das müßig daliegende Motorboot, die Ketten, die Fässer ... alles hier wartete ... wartete. Die junge

Frau stieß mit dem Fuß einen Stein über den Betonboden; er rollte durch das dämmerige Halbdunkel in die Sonne, die in einem scharfen Winkel durch das offene Hangartor fiel. Als sie merkte, daß wir ihr zusahen, lächelte sie matt und freundlich.

Ah ... da kam der Mann wieder, keuchend vor Anstrengung. Er hatte Schäkel gefunden. Doch nein, sie waren zu schwach. Niemals könnten sie das Gewicht des Flugzeuges aushalten. Ob er keine andern habe? Er zuckte die Achseln und blickte suchend die kahlen Wände entlang. »Il n'y en a pas«, sagte er entmutigt, doch immer noch die leeren Wände absuchend; »vielleicht in der Stadt ...«

Wir wandten uns an den langen »Chef«.

»Certainement, Madame, in Praia werden wir welche bekommen. Dort gibt es eine Reparaturwerkstatt ... Wir können jemanden hinschicken.«

Plötzlich hielt er, auf ein leises Wort seiner Frau hin, im Sprechen inne. Ihr teilnahmsloses Gesichtchen hatte sich erhellt. Lauschend stand sie da. Wir alle hörten auf zu sprechen. Zuerst glaubte ich, es sei nur der Wind, der noch immer an unser Ohr drang, als rollten Wogen in gleichen, unaufhörlichen Reihen an unser Ohr, so, als ob Hunderte von Steinchen an den Strand geschwemmt würden. Doch nein, etwas anderes tönte nun in dieses langgezogene Seufzen hinein, ein tieferer, härterer Laut, das Geräusch eines bergauffahrenden Autos. Wir traten vor das Tor und sahen zu dem Hügel hinüber, die staubige Straße entlang, die an drei oder vier kleinen weißgetünchten Hütten vorbeiführte und jenseits einer Kurve unseren Blicken entschwand. Ein paar Hühner kamen gackernd aus den Hütten gelaufen. Einige Negerinnen schleppten sich die steile Straße hinauf, von einem Auto aber war nichts zu sehen. Doch ja – jetzt erhob sich über den Ziegeldächern eine kleine Staubwolke.

»Dort ... ein Wagen!«

Gleich darauf wurde er sichtbar. Er holperte um die Kurve

herum, in Staubwolken gehüllt; erschreckt stoben die Hühner nach rechts und links auseinander. Am Fuß des Hügels, bei der Mole, brachte der Fahrer das Auto jäh bremsend zum Stehen. Die Staubwolke fegte an uns vorbei. Wir duckten uns, um ihr auszuweichen, und bedeckten unsere Gesichter mit den Händen.

Als wir wieder aufblickten, bemerkten wir, daß der Wagen unter der Staubdecke glänzte und gut gepflegt aussah. Am Kühler war ein amtliches Abzeichen angebracht; am Steuerrad saß ein livrierter Chauffeur. Ein portugiesischer Beamter stieg aus dem Wagen und klopfte sich den Staub von der Uniform. Der Gouverneur in Praia hatte ihn gesandt. Er trat auf uns zu, schlug die Hacken zusammen und verbeugte sich. Dann schüttelte er meinem Mann, mir, dem »Chef« und dessen Frau die Hand. Der französische Mechaniker war wieder verschwunden. Ob er wohl zu Bett gegangen war?

Der Beamte unterhielt sich zunächst auf portugiesisch mit dem »Chef«. Endlich wandte sich der »Chef« mit einem verlegenen Hüsteln an mich. »Madame, der Gouverneur heißt Sie willkommen...«, begann er in französischer Sprache.

Ich übersetzte meinem Mann und wiederholte wie ein gelehriger Papagei die Worte, so wie sie an mein Ohr drangen, nur diesmal in englischer Sprache. »Der Gouverneur heißt Sie willkommen, er hofft, Sie in Praia begrüßen zu können. Er bittet Sie, seine Gäste zu sein. Ob er Ihnen mit etwas dienen könne? Auch möchte er wissen, wie es mit Ihren Papieren, Ihren Pässen, Ihrer Durchflugerlaubnis steht.«

»Ich lasse herzlich danken«, lächelte mein Mann, »sag dem Herrn, daß es uns eine Ehre sein wird, den Gouverneur zu besuchen. Wir werden ihm unsere Aufwartung machen, wann immer es ihm paßt... außerdem bräuchten wir dringend Schäkel. Vielleicht könnten wir gleich jetzt mit dem Wagen hinfahren?«

Das alles wurde umständlich ins Französische und sodann

ins Portugiesische übersetzt. »... um das Flugzeug aus dem Wasser zu heben.«

»O gewiß, gewiß. Am besten wäre es, Sie würden gleich mitfahren.« Der kleine uniformierte Herr wies höflich auf die Hintersitze des offenen Wagens. Der »Chef« sollte als Dolmetscher mitkommen.

Mein Mann warf einen raschen, etwas besorgten Blick auf die ungeschützte Bucht, auf die glänzenden Tragflächen unseres Flugzeugs, das sanft auf dem Wasser hin- und herschaukelte. »Solange der Wind nicht stärker wird, geht's, aber wenn ein Sturm losbrechen sollte ...« Er schaute zum Himmel auf. »Frag ihn«, bat er mich, »ob es hier Sturm vom Meer her geben kann.«

»Monsieur, on n'attend pas des orages de cette direction là?« Ich wies auf das Meer hinaus.

»Sturm vom Meer her?« Der »Chef« blickte ungläubig und beinahe beleidigt in die von mir angegebene Richtung. »Jamais!« erklärte er im Brustton der Überzeugung. »Niemals ... niemals ...«

»WIR BRAUCHEN DRINGEND SCHÄKEL«

Wir kletterten in den Wagen, der sich gleich darauf in Bewegung setzte und über lose, rutschende Steine und durch tiefausgefahrene Wagenspuren die steile Hügelstraße hinaufratterte. Auf der Höhe standen ein paar niedrige, aus Mörtel und rohem, rotem, vulkanischem Stein erbaute Hütten. Vor jeder Hütte, deren Vorderseite auf das Meer hinausging, war ein Gärtchen angelegt, das von einer niedrigen Mauer umgeben war, die eigentlich nur aus einigen aufeinandergelegten unbehauenen Vulkansteinen bestand. Ein paar Negerinnen streckten ihre Köpfe aus den mit Jalousien geschützten Fenstern, um uns vorbeifahren zu sehen.

Ein heftiger Ruck, wir waren oben. Ich drehte mich um, aber vom Hafen war nichts mehr zu sehen; die dichten Staubwolken, die wir aufgewirbelt hatten, nahmen uns jede Aussicht. Vor uns sahen wir nur kahles, welliges Land, bedeckt von losen Felsblöcken, vertrocknetem Gras und einem dornigen Klettergewächs. Hatte es die Sonne so rötlich-braun versengt, fragte ich mich, oder war es nur der Straßenstaub, der alles mit dieser rötlichen Schicht überzog.

Mit beiden Händen strich ich mein Haar zurück, das mir der Wind unausgesetzt in die Augen wehte. Es konnte nicht mehr sehr weit nach Praia sein. Heute morgen aus der Luft – war es wirklich erst heute morgen gewesen? mir schien das alles tagelang zurückzuliegen – hatte es ausgesehen, als lägen die beiden Buchten ganz dicht beieinander.

»Wie weit ist es bis Porto Praia, Monsieur?« fragte ich den »Chef«, der zu meiner Linken saß.

»Bis Praia ... mit dem Wagen? Oh, nur etwa eine halbe Stunde ... aber zu Fuß ist es ein weiter Weg.«

Ja, es mußte sehr mühevoll sein, den Weg in dieser Gluthitze zu Fuß zu machen, über diese nackten, vulkanischen Hügel und weiter durch dieses versengte, stachelige Gras. Und doch gingen Menschen diesen Weg. Barfüßige Neger in zerlumpten europäischen Kleidern, die große Körbe auf dem Kopf trugen, flüchteten aus dem von unserem Wagen aufgewirbelten Staub, als wir vorüberfuhren.

Wir lehnten uns zurück und machten uns auf eine lange und holprige Fahrt gefaßt. »Frag ihn«, sagte mein Mann, »um welche Jahreszeit die Flugzeugstation hier in Betrieb ist.«

Wieder wandte ich mich an den »Chef«.

»Die Flugzeugstation?« echote er. »Die Gesellschaft hat den Betrieb hier eingestellt.«

»Ach wirklich!« entfuhr es meinem Mann und mir gleichzeitig. Wir warteten auf nähere Erklärungen.

»Der Chef ist weggegangen.«

»Ja. Ich habe jetzt die Leitung übernommen. Früher war ich Funker, jetzt ... bin ich der Leiter.«

»Ach so!«

Also die Flugstation war außer Betrieb, und der Chef war gegangen. Warum nur, fragte ich mich. Schweigend saßen wir da und blickten auf die Straße hinaus. Holpernd fuhr der Wagen bergab; die Straße senkte sich in eine Schlucht hinunter. Hie und da tauchten jetzt verkümmerte Bäume auf. Ihre Wipfel waren alle nach einer Seite geneigt wie Seetang, wenn die Flut ihn trifft. Diese Bäume aber würden sich nie wieder aufrichten; für immer waren sie in diese qualvoll unnatürliche Form gebannt. Und daran trug natürlich der Wind die Schuld.

»Madame«, fragte mich der »Chef«, »werden Sie in Praia wohnen ... oder in der Nähe Ihres Flugzeugs, bei uns?«

»Wir bleiben bei unserer Maschine; wir bleiben immer bei unserer Maschine.« Nein, wir würden keinen Augenblick Ruhe finden, wenn wir unser Flugzeug in der offenen Bucht allein ließen. Noch bestand ja keine Gefahr, aber wenn der

Wind stärker würde oder gar ein Unwetter losbräche ...
»Selbstverständlich bleiben wir beim Flugzeug!«

»Gut«, sagte der »Chef« mit einer leichten Verbeugung. »Natürlich werden Sie in *meinem* Haus wohnen ... die ersten Flieger, die bei mir zu Gast sind, seit ich zum Chef ernannt wurde.«

Er hustete hinter seiner mageren dunklen Hand und schien sich sehr zu freuen. Wir alle lächelten und blickte wieder auf die staubige Straße hinaus. Ein paar Ziegen knabberten an dem stachligen Gras, kletterten gemächlich an den felsigen Abhängen empor ... die einzigen Lebewesen bis auf die Bewohner der wenigen Hütten, an denen wir vorüberfuhren, mit ihren schadhaften, eingesunkenen Dächern, ihren Lehmböden. Ich machte mir beim Anblick dieser Wohnstätten Gedanken über das Haus des »Chefs«. Würde es ratsam sein, dort zu wohnen? Ob der kranke Franzose wohl auch dort schlief? War das Fieber gefährlich?

»Monsieur«, erkundigte ich mich nach längerem Nachdenken, »Ihr Mechaniker ... er sagt, er habe das Fieber ...«

»Das stimmt, er hat das Fieber«, nickte der »Chef« müde und fügte mit einer lässigen Handbewegung hinzu: »Aber nur das Fieber, das wir hier alle bekommen.«

Ich blickte unwillkürlich auf meinen Mann, dann auf die weißen Fingernägel des »Chefs«, auf den Rücken des vor mir sitzenden portugiesischen Beamten, auf die kahlen, vulkanischen Berge, auf die staubige Straße.

Schweigend saßen wir da, bis der Wagen einen Bergabhang hinunter in das Tal von Praia fuhr. Hier war die Straße rechts und links von Bäumen gesäumt, und immer mehr Hütten, um die Eingeborenen-Kinder spielten, tauchten auf. Der »Chef« nahm seinen Tropenhelm ab, strich sich über sein langes, schwarzes Haar und setzte den Helm wieder auf. »Wir kommen jetzt nach Praia«, erklärte er.

Frauen und kleine Jungen mit aufgedunsenen Bäuchen liefen aus den Häusern und starrten uns neugierig an. Die schmutzigen, armselig aussehenden Kinder waren beinahe nackt; ihre schwarze Haut glänzte in der Sonne. Die Frauen trugen zumeist eine »Bandanna« – das landesübliche rote Kopftuch, – einen zerlumpten Rock, Kittel aus Kattun und, um Hüften und Unterleib geschlungen, einen breiten Stoffstreifen, eine Art Gürtel. Was für ein seltsamer Platz für einen Gürtel, bis ich begriff, daß dieses Band sich gerade an der richtigen Stelle befand, um den Frauen, wenn sie schwanger waren, als Stütze zu dienen. Und die meisten Frauen, die ich sah, waren schwanger.

Wieder ging es ein Stück bergauf; dann fuhren wir in die eigentliche Stadt hinein, die auf einer Anhöhe über dem Hafen lag. Hierher folgte uns der Wind nicht mehr. Es gab hier richtige Bäume und sauber gelb- und rosagetünchte Häuser. Wir fuhren eine schmale, gepflasterte Straße entlang, die zu einem viereckigen, von grünen Bäumen umrahmten Platz führte. Vor einem langgestreckten Steingebäude hielt der Wagen. Und hier war es auf einmal ganz still. Kein Stoßen und Rattern des Wagens mehr, kein Wind, nur leises Rauschen in den Baumwipfeln über uns und das Krähen einiger Hähne aus einer der nächsten Straßen.

»Das Haus des Gouverneurs, Madame.« Ja richtig, wir mußten aussteigen. Mein Haar war wirr und staubig, und auch meine Hosen waren mit dem feinen roten Staub bedeckt.

Wir kletterten aus dem Wagen. Eine teppichbelegte Treppe führte uns hinauf in einen großen Ballsaal, der bis auf ein paar vergoldete Stühle und ein einziges Sofa leer war. Der portugiesische Gouverneur trat ein. Er verbeugte sich und reichte uns die Hand. Ihm folgten seine Frau und seine Töchter, hübsche junge Mädchen mit rotgemalten Lippen, in leichten, kühlen Kleidern. Besorgt fragte ich mich, ob der rote Staub von meinen Hosen wohl das Brokatsofa beschmutzen würde.

Der Gouverneur sprach tadellos französisch. »Wollen Sie nicht bei mir in Praia absteigen?« erkundigte er sich.

Es war herrlich kühl und ruhig hier. Ich blickte auf die schattige Veranda vor den offenen Fenstern.

»Danke, Herr Gouverneur, aber wir müssen in der Nähe unseres Flugzeugs bleiben.«

»Das begreife ich natürlich. Aber bitte, nehmen Sie doch Platz.« (Wir setzten uns vorsichtig auf das Brokatsofa.) »Womit kann ich Ihnen dienen?«

Ein Diener brachte Champagner auf einem silbernen Tablett.

»Sie sind sehr gütig«, übersetzte ich die Antwort meines Mannes, »der Wagen hat uns schon vortreffliche Dienste geleistet. Wir brauchen jetzt nur dringend Schäkel...«

»Schäkel?«

»Ja, um das Flugzeug aus dem Wasser in den Hangar zu heben.«

»Gewiß, gewiß, der Chauffeur wird Sie zu einem Laden fahren. Hoffentlich werden Sie dort finden, was Sie brauchen.«

Wir dankten ihm und verabschiedeten uns. Dann ging es wieder die teppichbelegte Treppe hinab und hinaus auf die heiße Straße; dann weiter zum Laden. Der »Chef« kletterte aus dem Auto, bückte sich unter der niedrigen Ladentür; vor dem Geschäft hingen Töpfe, Pfannen und, in Fischernetze gehüllt, Reihen viereckiger rosa Seifenstücke.

Er kam zurück, hustete in sein Taschentuch und berichtete: »Nein, er hat keine Schäkel, aber er läßt welche besorgen.«

Ich übersetzte.

»Können wir sie nicht selbst holen?« Mein Mann beugte sich im Wagen vor und blickte die Straße hinunter.

Wieder fuhren wir durch eine enge Straße, steil abwärts dem Hafen zu. Der Wagen ratterte über das holprige Pflaster. Negerkinder beugten sich aus den Fenstern und brüllten, als wir vorüberfuhren.

Beim Haus des Hafenaufsehers blieben wir stehen. Es war sehr still; die Jalousien waren herabgelassen. »Nein, er ist nicht zu Hause, aber warten Sie, vielleicht ...« Ein kleiner Junge eilte in eine Seitengasse. Eine Jalousie öffnete sich klappernd. Wartend gingen wir die Straße auf und ab. »Kommen ie, er ist hier.« Wir machten kehrt. »Da hinten ist er.« Ein Mulatte stand im Türeingang eines Hauses und guckte uns neugierig an.

»Nein, er hat auch keine Schäkel«, übersetzte der »Chef« nach einer längeren Unterredung mit dem Manne, »aber er sagt, sein Mechaniker kann welche zurecht machen. Es dauert eine Stunde ... nur *eine* Stunde.« Er hielt einen knochigen, langen Finger in die Höhe, um uns die Kürze der Zeit plastisch vor Augen zu führen. »Une heure seulement.«

»Das wird zu spät«, sagte mein Mann, den Kopf schüttelnd. (Die Nacht bricht in den Tropen viel plötzlicher herein als bei uns.) Das Haus gegenüber warf schon einen verdächtig langen Schatten; die Sonne stand bereits tief am Himmel. Wenn wir nicht vor Eintritt der Dunkelheit zurück sein konnten ...

»Gibt es Kabel ... Stahlseile?« fragte mein Mann.

»Un câble d'acier, Monsieur?«

»Un câble d'acier ... vielleicht ...«

Wieder begann eine große Diskussion in portugiesischer Sprache.

»Ja, vielleicht ... wir wollen in die Maschinenwerkstatt fahren. Es ist nicht weit ...«

Wir fuhren den steilen Hügel wieder hinauf; der Wagen schlängelte sich um enge Kurven zurück in die eigentliche Stadt. In einer glühendheißen Straße machten wir halt, schritten durch das Tor eines rosa Hauses in einen staubigen Hof und weiter in die Werkstatt, einen garageähnlichen Raum, in dem Autobestandteile, Teile von Fahrrädern, ausgeleierte Federn, Ketten, Eisenabfälle und Hufeisen wirr durcheinander lagen. Vorsichtig bahnten wir uns einen Weg durch das Gewirr. Alles mögliche gab es dort, nur kein Kabel.

»Kein Stahlseil?«

Ein Mann, der in einer Ecke hämmerte, hielt in seiner Arbeit inne. Ein anderer Neger näherte sich dem »Chef«. Er hielt Drähte in der Hand, und die Männer fingen an, sich portugiesisch zu unterhalten.

»Nein, es ist kein Stahlseil da, aber er schickt seinen Gehilfen eins holen.« In der Tat hörte man jemanden durch den hinteren Eingang hinauslaufen.

»Könnten wir nicht gleich mitgehen?« Mein Mann schaute auf die Uhr. »Es ist schon ...«

»Aber nein, Monsieur, er kommt schon ... gleich wird er wieder da sein ...«

Wir warteten. Der Mann in der Ecke fuhr fort zu hämmern. Wir blickten auf den Amboß, auf das Eisenstück, das er formte. Wir blickten auf die Wände, auf eine Sense, auf eine ausgeleierte Feder, auf ein Rad. Ich begann die Speichen zu zählen wie die Blumenblätter eines Gänseblümchens. Ja ... nein, ja ... nein, ja, der Gehilfe würde mit einem Stahlkabel zurückkommen ...

Im Hintergrund der Werkstatt war ein Fenster, durch das ich hinaussehen konnte. Wir mußten sehr hoch sein, denn ich konnte unten ein Tal liegen sehen. Die braunen, kahlen Hügel ringsum glühten in einem seltsam roten Schein. War es die Spätnachmittagssonne, oder hatten die Hügel hier immer diese eigentümliche vulkanische Färbung, als seien sie von unterirdischen Feuern erhellt?

Aber jenseits der Hügel lag ein grünes Tal. Da gab es vom Wind bewegte Palmen und, in Reihen angepflanzt, Zuckerrohr und Kaffee. Teile dieser Insel müssen sehr schön sein, dachte ich; kühle Täler mit dem üppigen Grün tropischer Wälder; Eukalyptusbäume, deren lange Finger im Winde rascheln; Bambussträucher, hoch und kerzengerade aufragend, kühl wie von einem Springbrunnen herabplätscherndes Wasser; Berghänge, ganz bedeckt mit dem satten, dunklen Grün der Kaffeesträucher; enge Schluchten, das ganze Jahr von Bergbächen durchströmt.

Uns aber war es nicht bestimmt, in solcher Landschaft zu verweilen. Für uns gab es nur die nackten braunen Hügel, die ich da vor mir sah, die grauen, vom Wind gebeugten Bäume an den Abhängen, staubige Straßen, die hinabführten zu einer ungeschützten Bucht, und dann warten ... warten, bis der Boy zurückkam mit einem Stahlkabel, »un câble d'acier«, damit wir das Flugzeug aus dem Wasser in den Hangar ziehen könnten. Ja ... nein, ja ... nein, ja ... nein; nein, er würde kein Kabel finden.

Plötzlich hörten wir draußen das Klappern von Holzschuhen. Der Mann am Amboß hörte auf zu hämmern. »Er ist da.« Ein Neger hastete herein. Ja, er hatte ein Stahlkabel gefunden.

Mein Mann sah es sich an. »Es ist zu dick.«

Die Männer fingen an, gleichzeitig auf ihn einzureden.

Charles strich nachdenklich über das Kabel. »Aber es kann aufgedreht werden ... ja, zur Not wird es gehen.«

Wir eilten zum Auto hinaus. Eine große Menschenmenge hatte sich auf der heißen Straße angesammelt. Männer, Frauen und Kinder mit schwarzen, schweißglänzenden Gesichtern. Auf dem Rücken der Frauen hingen Säuglinge, matt und kraftlos wie welkende Mohnknospen. Einige der Negerinnen balancierten Körbe auf ihren mit roten Bandannas bedeckten Köpfen. Sie hoben die Hände und winkten uns zu. Die Männer riefen etwas in gebrochenem Englisch. Wir bahnten uns den Weg durch die heißen, sich uns entgegendrängenden Körper. Dort drüben winkte etwas, das kein Arm war. Es war eine Klaue, die sich rhythmisch öffnete und schloß, inmitten all dieser schwarzen Hände. Ich blieb stehen und starrte dieses Etwas entsetzt, gebannt an. Es war ein abgerissener Hühnerfuß in der Hand eines kleinen Jungen, der vergnügt grinste, als er mein erschrockenes Gesicht sah.

Wir stiegen in den Wagen und traten die ermüdende Rückfahrt zu unserer Bucht an.

WO SOLLEN WIR SCHLAFEN?

Der Nachmittag war schon weit vorgeschritten, als wir tief unter uns unser Flugzeug liegen sahen, bewegungslos trotz des noch immer wehenden Windes. Die Felsklippen gegenüber warfen bereits tiefe Schatten, und es war kühler geworden.

Der Mechaniker stand mit verschränkten Armen im Tor des Hangars. Wir zeigten ihm das Stahlkabel. Er schüttelte abschätzig den Kopf, wie um zu zeigen, daß er die Sache von Anfang an für hoffnungslos gehalten habe. »Keine Schäkel, wie?«

»Nein, keine Schäkel«, erklärten wir, »aber mit dem hier geht's auch. Man kann es aufdrehen.«

Er betastete das Kabel. »Gewiß, Monsieur, es wird gehen. Wir können es herrichten, aber das wird viel Zeit in Anspruch nehmen ... vielleicht ein oder zwei Stunden ...«

Mein Mann warf einen raschen Blick gen Westen. Die Sonne war bereits hinter dem Hügel verschwunden. Ehe wir mit der eigentlichen Arbeit beginnen konnten, würde es dunkel sein. Wieder sah er das Flugzeug an. Es hatte sich nicht von der Stelle gerührt, seit wir es verlassen hatten. Der Wind wehte noch immer aus der gleichen Richtung.

»Augenblicklich besteht keine Gefahr«, sagte Charles, »die Maschine ist gut verankert.«

»C'est bien amarré«, nickte der Mechaniker.

»Und wenn wir jemanden fänden, der unser Flugzeug über Nacht bewachen könnte«, überlegte mein Mann, »für den Fall nämlich, daß ein Unwetter käme.« Dann sagte er zu mir, nicht ohne Besorgnis: »Bitte, frag ihn noch einmal, ob er es für möglich hält, daß das Wetter umschlägt.«

»Change? Mais non, Monsieur.« Der Mechaniker öffnete weit die Arme und ließ sie dann sinken. »Hier ändert sich das Wetter nie ...«

»Also gut, dann wollen wir das Flugzeug über Nacht dort lassen; morgen früh können wir es heraufholen.«

»Demain matin, demain matin«, wiederholte der Franzose, nickte sichtlich erleichtert und machte sich von dannen.

Mein Mann blickte auf die Wogen jenseits der Landspitze. »Ich glaube, ich werde hinausrudern und einmal nachsehen, wie es dort draußen aussieht.« Er sprang in das Ruderboot, legte die Ruder in die Dollen und stieß ab. Die beiden Neger nahmen unsere Bündel und schauten die Frau des »Chefs« fragend an.

Sie nickte, und wir machten uns auf den Weg zu dem höher gelegenen Bungalow des früheren Chefs. So werden wir also doch nicht im Haus des Ehepaares schlafen, dachte ich, als wir den Hügel hinaufkletterten. Ich trug eine Stofftasche, in der sich Dokumente und mein Funk-Logbuch befanden und, an einem Riemen über die Schulter gehängt, meine Kamera.

Wir stiegen die holperige Straße hoch, die wir gerade vorher im Auto herabgefahren waren. Der Wind blies uns ins Gesicht, wehte mir das Haar aus der Stirn und aus den Augen. Aber es schien kein gewöhnlicher Wind zu sein. Es war etwas Körperlicheres als bloße Luft, etwas Bleibenderes und Umfassenderes als eine einzelne, über einen Hügel streichende Brise. Eher glich es einem großen Fluß, einer Woge, die den Hügel überschwemmte und die ganze Insel erfüllte. Und wir versuchten, gegen diese Woge, die uns mit sich riß, anzukämpfen. Der Wind war eine Gewalt, die jeden Schritt mühsamer und jede Last schwerer machte. Die Kamera drückte auf meine Schulter; meine Arme schmerzten vom Tragen der Tasche. Es war, als kämen wir überhaupt nicht voran. Lose Steinchen rutschten unter unseren Füßen und schlitterten hinter uns den Berg hinab.

Auf halber Höhe blieben wir schwer atmend stehen. Die

Neger setzten die Bündel ab. Ich blickte zurück auf den in der Abenddämmerung ruhenden Hafen, auf meinen Mann in dem kleinen Ruderboot. Er war noch nicht am Flugzeug vorbei, hatte noch nicht einmal den halben Weg zur Hafenausfahrt zurückgelegt. Ich sah ihm zu, wie er sich rudernd beugte und straffte, beugte und straffte. Wie lange hier alles dauerte!

Wir stiegen weiter, an den kleinen Hütten und steinumzäunten Vorgärten mit den hinein- und herauslaufenden Hühnern vorbei; dann bogen wir ab und folgten einem sich den Berghang entlang ziehenden Fußweg. Wieder blickte ich auf das von hier aus wie ein Spielzeug aussehende Ruderboot mit der unablässig rudernden Gestalt darin. Charles war jetzt am Flugzeug vorbei, hatte aber noch lange nicht das offene Meer erreicht.

Wir machten vor einem niedrigen Bungalow halt; die Neger legten die Bündel auf die Erde und starrten aufs Meer hinaus. Die Frau des »Chefs« schob die Türjalousie zur Seite und steckte einen verrosteten Schlüssel in das Schlüsselloch der dahinterliegenden Holztür. Aber die Tür wollte sich nicht öffnen lassen. Einer der Boys stemmte sich mit der Schulter dagegen. Nun sprang die Tür auf; der Luftzug ließ einige Papierblätter vom Fußboden des dämmerigen Raums aufflattern. Wir traten ein. Die Jalousie schlug zu.

Auf dem nackten Fußboden lagen Zeitungen herum. Französische Blätter, alt, vergilbt und staubig; ihre fetten schwarzen Schlagzeilen starrten zur Decke hinauf, wie sie wohl die ganze Zeit seit der Abreise des Chefs hinaufgestarrt hatten. Nichts von dem, was in diesen Zeitungen stand, war jetzt noch wichtig, dachte ich, weder die sensationellen Überschriften noch die photographierten Gesichter, noch auch diese feierlichen Herren im Zylinder, die damals zu irgendwelchen Versammlungen eilten. Ich fragte mich, ob das alles für Porto Praia überhaupt jemals wichtig gewesen war...

Die Frau des »Chefs« zog eine gesprungene, gelbe Jalousie hoch und öffnete die Fenster. Die Läden schlugen leise hin und her, und ein paar Fliegen, aus ihrer Ruhe aufgeschreckt, trommelten gegen die Fensterscheiben. Im Zimmer stand ein großes, mit einem fleckigen Laken bedecktes Bett, an der Wand ein schäbiger Sekretär, der nur noch drei Beine hatte. Der feine rote Sand war überall hin gedrungen. Die Frau des »Chefs« stemmte ihren Fuß gegen den schwankenden Schrank, zog eine Schublade heraus und suchte darin nach Bettzeug. Ich hob unterdessen die Matratze des Bettes hoch und untersuchte sie auf Wanzen. Aber es waren keine da ... nur Staub. Die Frau des »Chefs« zog das Laken ab und warf die Bettwäsche auf die bloße Matratze. Nun ging sie daran, die Leintücher auseinanderzufalten; unsere staubigen Hände hatten bereits dunkle, rötliche Flecke darauf hinterlassen. Die junge Frau hielt inne und biß sich ärgerlich auf die Lippen.

»Es ist so schmutzig«, seufzte sie und blickte mich wie um Verzeihung bittend an. Ob ich das übelnähme? Was ich nur davon dächte?

»Aber nein«, beruhigte ich sie, »das macht gar nichts ... wir werden hier ausgezeichnet schlafen.« Wir würden so müde sein, daß wir heute nacht überall schlafen könnten, davon war ich überzeugt.

Aber sie zögerte und blickte sich besorgt im Zimmer um, musterte die verstaubten Zeitungen auf dem Boden, die zerrissenen Vorhänge, die durch unsere Hände fleckig gewordenen Tücher. Dann schüttelte sie den Kopf. »Tant de poussière«, sagte sie, nahm die Bettücher und faltete sie wieder zusammen. »Es ist zu schmutzig ... viel zu schmutzig ... Sie müssen bei uns schlafen, in unserem Haus. Sie können unser Zimmer haben; das ist sauber. Kommen Sie ... wir wollen gehen ...«

Sie blickte durch das Fenster zu dem langgestreckten Bungalow auf dem Hügel jenseits des Hafens hinüber.

»Aber hier ist doch alles tadellos in Ordnung«, versuchte ich sie zu überzeugen. »Wir machen uns nichts aus dem

Staub ... sehen Sie sich nur meine Kleidung an ... Außerdem können wir Ihnen nicht Ihr Zimmer wegnehmen. Warum sollen wir Ihnen soviel Umstände machen? Das hier genügt doch wirklich vollkommen.«

Sie blickte mich nur stumm an und schüttelte den Kopf. Vielleicht verstand sie mich gar nicht. Die Boys hatten schon die Bündel genommen. Was sollte ich tun? Was hätte mein Mann an meiner Stelle getan? Ich schaute zum Fenster hinaus in die zunehmende Dämmerung; das kleine Boot schaukelte gerade erst beim Ausgang der Bucht auf den Wellen. Wie lange das dauerte!

»Bitte«, sagte die junge Frau scheu, »Sie werden ja sehen ... jedenfalls müssen Sie bei uns essen, und dann werde ich Ihnen die Zimmer zeigen.«

»Also gut, nach dem Abendessen ...«, stimmte ich zu. Ich wollte sie nicht verletzen. Nach dem Abendessen konnten wir ja weiter darüber reden.

Aber wie sehr wünschte ich, es wäre schon »nach dem Abendessen!« Ich sehnte mich danach, mich auf das Bett dort zu werfen, ohne auch nur die Kleider abzulegen ... dazuliegen und zur kahlen Decke hinaufzustarren wie die Zeitungen auf dem Fußboden, die Tür ruhig hin- und herschlagen, die Jalousien klappern und den Wind draußen wehen zu lassen ... mich einfach hinzulegen und zu schlafen.

Statt dessen ging es wieder über rutschige Steine den rauhen Pfad hinab. Als wir am Fuß des Hügels ankamen, tanzte das kleine Boot noch immer in der Brandung bei der Hafenausfahrt. Wir machten uns daran, den gegenüberliegenden Hügel hochzusteigen. Den Wind hatten wir jetzt im Rücken, aber immer noch fiel mir das Gehen schwer. Ich stieß mit der Zehe heftig an einen staubbedeckten Felsvorsprung und hätte beinahe meine Tasche mit den Dokumenten fallen gelassen. Mein Haar wehte mir in Augen und Mund, aber da ich keine Hand frei hatte, konnte ich es nicht zurückstreichen. Von Zeit zu Zeit drehte ich mich um und ließ mir den frischen

Wind über das Gesicht wehen. Das kleine Boot war nun jenseits des Felsvorsprungs meinen Blicken entschwunden.

Endlich langten wir oben an und standen vor dem anderen Bungalow. Er war lang und schmal, auf beiden Seiten von einer niedrigen Veranda flankiert. Unter dem schattenspendenden Verandadach führten eine Anzahl von Türen in Zimmer, die früher von Angestellten der Fluggesellschaft bewohnt worden waren. Die Türen waren versperrt und die Jalousien geschlossen. Alle diese Kammern waren leer. Nur zwei Räume am äußersten Ende des Gebäudes wurden von dem »Chef« und seiner Frau bewohnt.

Wir stiegen die Stufen zur Veranda hinauf und öffneten die in ein kleines Zimmer führende Türjalousie. Ein großer Tisch nahm die Mitte des Raumes ein. An der Wand stand eine geräumige Anrichte, auf der Teller, Tassen und Untertassen, Konservenbüchsen, Zwiebackdosen und mehrere kleine Medizinflaschen aufgestapelt waren. Ein kariertes Tischtuch war schräg über den Tisch gebreitet. Mitten auf dem Tisch stand ein kleines, geripptes, mit Zahnstochern gefülltes Glas. Ein verblichenes, flachgedrücktes Kissen sollte den Korbsessel in der Ecke bequemer machen. Die Wände waren leer, an den Fenstern keine Vorhänge.

Der »Chef« saß am Tisch und machte Notizen auf liniierten Papierbogen. Er sprang auf, als wir eintraten; die erklärenden Bewegungen seiner dunklen, mageren Hände baten gleichsam um Entschuldigung für die Enge des Zimmers; seine herzliche, weitausholende Geste deutete offenbar unbegrenzte Gastfreundschaft an.

»Bitte, übersehen Sie die Ärmlichkeit dieses Hauses«, sagte er hastig und entschuldigte sich hüstelnd: »Wir sind hier auf dem Land.«

»Aber gewiß ... gewiß gewiß«, stammelte ich, »es ... es ist wirklich sehr liebenswürdig von Ihnen ...«

»Nein, nein«, sagte die junge Frau und schüttelte den Kopf, »es ist sehr armselig, aber ...« Sie beendete ihren Satz, indem sie resignierend die Augenbrauen hochzog, als wollte sie sagen: Aber was kann man da machen?

Sie schob einen Vorhang beiseite und führte mich in einen zweiten winzigen Raum, der bis auf ein breites Eisenbett völlig leer war. Eine Bettdecke hing auf beiden Seiten bis zum teppichlosen Fußboden herab. Die Decke war blendend weiß, das eiserne Bettgestell tiefschwarz. Stühle gab es nicht. Ich setzte mich auf den harten Bettrand; die Matratze war in der Mitte muldenförmig eingedrückt.

»Hier«, sagte die Frau des »Chefs«, »können Sie schlafen ... in unserem Zimmer.« Die Boys stellten die Bündel in eine Ecke und schlurften hinaus.

»Vielen herzlichen Dank«, erwiderte ich, »es ist sehr lieb von Ihnen, aber wir können Ihnen doch wirklich nicht Ihr Zimmer wegnehmen. Nun, jedenfalls will ich mit meinem Mann darüber sprechen ...«

Wie lange würde es wohl noch dauern, bis er käme? Wie lange bis zum Abendessen? Wie lange, bis wir schlafen gehen konnten? Schaukelte Charles noch immer in dieser Nußschale auf den Wogen vor dem Hafen herum, oder ruderte er schon in der rasch hereinfallenden Dämmerung gegen den Wind dem Ufer zu? Am liebsten wäre ich hier auf dem Bettrand sitzen geblieben und hätte mich nicht gerührt, bis mein Mann durch die Tür getreten wäre ...

»ICH BIN HIER CHEF«

Wir saßen in dem kleinen Eßzimmer. Es war schon fast dunkel. Ein warmer Lichtschimmer durchdrang die Dämmerung unmittelbar vor der offenen Tür. Die Negerinnen bereiteten in der kleinen Kochhütte neben dem Haus das Abendessen. Ihre Schatten kreuzten hie und da den Lichtstreifen vor dem Haus, eine rasch vorüberhuschende Bewegung in der reglosen Stille.

Der »Chef« saß über seine Aufzeichnungen gebeugt; zuweilen trommelte er mit seinen langen Fingernägeln auf den Tisch. Seine Frau saß mit verschränkten Armen bewegungslos im Hintergrund des Zimmers. Sie war so still, daß man ihre Gegenwart vergaß. Ihre Haltung ließ erkennen, daß ihr der Begriff der Eile, der Ungeduld völlig fremd war. So in Warten versunken saß sie da, als sei dieses Warten ihr so selbstverständlich und vertraut wie Essen oder Schlafen. Die Füße um die Beine des geraden Stuhles geschlungen, saß sie da wie in Trance versunken; die Augen in ihrem unbewegten Gesichtchen starrten über die gebeugten Schultern ihres Mannes hinweg, durch die offene Tür, durch die hin- und herhuschenden Schatten ins Dunkle.

»Madame«, der »Chef« blickte von seiner Arbeit auf, »ist er noch immer draußen – Ihr Gatte?«

Ich beugte mich vor; der Korbsessel knarrte. »Ja, er sieht sich das Meer an ... Sie verstehen ... l'état de la mer –«

»L'état de la mer ...«, er schaute durch die offene Tür, »... aber das Meer ist immer gleich; der Wind hat nicht nachgelassen ...«

Ja, der Wind wehte noch immer. Die Nacht war hereingebrochen; die Sonne glühte nicht mehr erbarmungslos auf die weiße Mole, die heißen Wege herab; die Dämmerung war angebrochen, und bald umhüllte tröstendes Dunkel die armseligen Hütten, das verbrannte Gras, das an seinem Anker reißende Flugzeug. In der Dunkelheit waren die Staubwolken, die gebeugten Bäume, die peitschenden Wogen, die ziehenden Taue unsichtbar geworden. Und dennoch waren sie da. Auch jetzt rastete der Wind nicht. Unter dem Schutz der Dunkelheit wehte er noch immer, heimlich, beharrlich, während sich die Menschen in ihre Häuser zurückgezogen hatten, aßen und schliefen, und seiner vergaßen. Immer noch blies er, immer noch war er geschäftig, immer noch wehte er den Sand über den Beton der Mole, durch Fensterritzen und Türspalten; immer noch drückte er die Äste der Bäume nieder, zerrte an den Ankertauen, als sei er getrieben von einem unwiderstehlichen Muß. Eilt euch, eilt euch, schien er uns zuzuflüstern, als hätten wir nicht genug Zeit, um an die Orte zu gelangen, an die wir gelangen mußten ... nicht genug Zeit, um alle Arbeit zu tun, die zu erledigen war.

Nicht genug Zeit, dachte ich, wider Willen lächelnd, als ich mich nun in dem stillen Raum umsah, auf die junge Frau blickte, die bewegungslos mit verschränkten Armen in der Ecke saß, und auf den Mann, der mit den Fingernägeln auf den Tisch trommelte. Sich eilen ... wozu? Man hatte ja so unendlich, so unvorstellbar viel Zeit. Zeit, die man verschwenden durfte; Zeit, um auf den Tisch zu trommeln; Zeit, um auf die huschenden Schatten hinauszublicken; Zeit, um in einem Korbsessel zu sitzen und zu warten. Die Zeit zählte hier überhaupt nicht. Sie war stehengeblieben ...

Als ich so dasaß und den Wind in der Ferne rauschen hörte, stieg plötzlich beklemmende Angst in mir auf; ein Gefühl, als sei es das Leben, das dort draußen an uns vorbeijage: ein mächtiger Strom, brausend, schäumend, sprühend; reiches, rasch dahinströmendes Leben gleich der erfüllten Zeit, den Monaten, die hinter uns lagen. Labrador, Grönland, Island, Spanien, die Azoren, Afrika; einstmals waren wir mit diesem

Strom geschwommen, nun aber hatte er uns auf die Seite geschleudert. Wir waren hier, auf dieser Insel, im Brackwasser neben dem großen Strom gefangen; in einem Teich, auf dem tote Blätter und abgerissene Zweige langsam umhertrieben, immer rund herum, ohne weiter zu kommen, ohne Aussicht, je wieder von der lebendigen Strömung ergriffen und einem Ziel zugetragen zu werden. Ein stehendes Wasser außerhalb der Zeit, ein Ort, wo man endlos steile Hügel hinaufstieg, endlos durch offene Türen ins Leere sah, sich endlos in einem schaukelnden Boot vorbeugte und wieder aufrichtete...

Wo konnte mein Mann nur bleiben? Es war doch inzwischen zu dunkel geworden, um den Seegang zu prüfen. Mit einem Ruck erhob ich mich aus dem Korbsessel und ging zur Tür. Es war zu finster, um weit zu sehen. In der schwachbeleuchteten Kochhütte erblickte ich die undeutlichen Gestalten der Negerinnen, die das Essen begleiteten. Es roch köstlich nach Gebackenem.

Der »Chef« legte seine Papiere auf die Anrichte. »Madame, wenn Ihr Gatte kommt, werden wir essen.« Die Frau stand auf und nahm Teller aus dem Schrank. Mit einer müden Bewegung stellte sie sie auf den Tisch. Zwei für uns, zwei für sich und ihren Mann, dann noch einen ... ob wohl der Mechaniker mitessen würde? Unwillkürlich blickte ich auf den fünften Teller.

»Wir sind sonst zu dritt«, sagte der »Chef«, der meinem Blick gefolgt war, so nebenher, »meine Frau, ich und der zweite Funker.« Er deutete durch ein Nicken die Richtung an, in der die Funktürme in die Dunkelheit ragten. »Nein, nein, Sie kennen ihn noch nicht«, beantwortete er meinen fragenden Blick, »er kommt erst zum Essen.«

Ich setzte mich wieder in den Korbsessel. Der »Chef« spielte mit dem Zahnstocherbehälter. »Der Mechaniker zählt nicht«, fuhr er fort, »wir verkehren nicht mit ihm, wir kommen nicht gut miteinander aus...« Ein wenig traurig zuckte er die Achseln. »Wir waren gute Freunde, bis der Chef wegging ... dann, als ich zum Chef ernannt wurde –« Er sprach langsam und ruhig und fuhr dabei unausgesetzt mit dem Fingernagel über das Glas.

Wieder trat Stille ein, nur unterbrochen von dem Klirren der Löffel in den Händen der jungen Frau und dem leisen Schlurfen ihrer Sandalen über den Fußboden.

Der »Chef« richtete sich in seinem Stuhl auf und schloß den untersten Knopf seines Rockes. »Ich weiß, daß ich ein Farbiger bin...« Er sah mich über den Tisch hinweg an; sein langes, asketisches Gesicht erschien noch länger vor innerer, ernster Spannung, »... aber ich kann lesen ... ich kann schreiben ... ich kann die Funkstation bedienen.«

»Gewiß«, sagte ich, »gewiß«, und blickte ihn ebenso ernst an wie er mich. Er wandte den Kopf ab und hustete. Seine langen Finger spielten aufs neue mit dem Zahnstocherbehälter; dann stellte er ihn wieder hin. Mein Blick fiel auf die junge Frau. Sie saß jetzt wieder mit verschränkten Armen still in ihrem Winkel. Sicherlich hörte sie die Worte ihres Mannes nicht zum erstenmal, doch auch jetzt wieder lauschte sie geduldig. Man konnte nichts anderes tun als die Arme kreuzen und darauf warten, daß etwas geschehen würde. Zuweilen, sehr selten freilich, geschah ja auch wirklich etwas.

Ihr Gesicht erhellte sich. Sie sah mich an und flüsterte dem »Chef« kaum hörbar ein Wort zu. Er schob hastig seinen Stuhl zurück. Draußen auf der Veranda wurden rasche Schritte hörbar. Mein Mann trat ein; in der Tür mußte er sich ein wenig bücken; er lächelte etwas schuldbewußt.

Der »Chef« stand auf und strich sich den Rock glatt. Er sah nun korrekt und selbstsicher aus. »Ah, Monsieur, Sie hatten lange zu tun ... wollen Sie jetzt essen?«

Die junge Frau huschte zum Tisch. Ihre dunklen Augen waren lebhaft geworden und voll Erwartung.

Auf dem äußersten Stuhlrand sitzend, beugte ich mich vor.

Charles nickte zustimmend und nahm seinen Tropenhelm ab. »Ja, ja«, sagte er, und dann, nach kurzem Zögern, zu mir gewandt: »Möchtest du vor dem Abendessen noch ein bißchen spazierengehen?«

Spazierengehen? Weiß Gott, nein, warum sollte ich wohl Lust haben, spazierenzugehen? Den ganzen Nachmittag war ich die Hügel hier hinauf- und wieder hinuntergeklettert!

Mein Mann warf mir einen raschen Blick zu. Ach so, jetzt begriff ich, es handelte sich nicht um den Spaziergang. Er wollte mit mir allein sprechen.

»Pardon«, sagte ich und stand auf, »un moment seulement...«

Wir traten auf die Veranda hinaus und gingen ein paar Schritte bergab.

»Was ist los?«

»Der Mechaniker sagt, jemand in dem Haus hier sei sehr krank«, erklärte mir mein Mann hastig. »Schwindsucht oder so etwas... ich kann ihn nicht richtig verstehen... du mußt mit ihm sprechen... er sagt...«

In der Dunkelheit, ein wenig unter uns, stand, auf uns wartend, eine weiße Gestalt. Sie kam langsam näher... es war der Mechaniker. Jetzt war er bei uns und begrüßte mich schweigend. »Kommen Sie, gehen wir dort hinunter«, sagte mein Mann und nahm mich beim Arm. Wir wandten uns um und gingen noch ein wenig weiter von den Häusern weg.

»Monsieur? Um was handelt es sich... jemand ist krank?« Ich beugte mich vor, um sein bleich durch die Dunkelheit schimmerndes Gesicht besser sehen zu können.

»Oui, Madame«, flüsterte er rasch, »Tuberkulose. Das Haus ist verseucht... c'est tout contaminé... Sie dürfen nicht dort bleiben.« Seine Stimme klang sehr eindringlich.

»Sie müssen fort«, suchte er mich zu überzeugen, »sogleich! Sie müssen in meinem Haus schlafen oder in dem des früheren Chefs auf dem Hügel drüben.«

»Danke, Monsieur, besten Dank, daß Sie uns darauf aufmerksam machen.« Meine Gedanken wanderten zu dem Bungalow zurück, in dem der »Chef« jetzt sicher wieder mit den Fingern auf den Tisch trommelte. So lange, dünne Finger, fast blau unter der dunklen Haut. Vielleicht war etwas Wahres an dem, was der Mechaniker sagte. »Nochmals besten Dank, Monsieur, wir werden sein Bett natürlich nicht benutzen, auch keine Handtücher ...«

Der Mechaniker blickte zu Boden; ich konnte sein Gesicht nicht sehen.

Schweigend taten wir ein paar Schritte; der Wind zerzauste mir das Haar.

»Vielleicht sollten wir uns das andere Haus ansehen«, sagte mein Mann endlich.

»Aber der ›Chef‹ wird sehr gekränkt sein«, gab ich zu bedenken. »Ich möchte ihn nicht verletzen ...«, versuchte ich auf französisch auszudrücken.

Der Mechaniker sah hastig auf. »Den können Sie nicht verletzen«, meinte er mit einer wegwerfenden Handbewegung.

Schweigend gingen wir weiter.

»Ja, wir sollten uns unbedingt auch das andere Haus ansehen«, sagte Charles entschieden. »Wir können uns später entscheiden.«

Der Mechaniker beschleunigte seine Schritte. »L'ancien chef ... c'est un homme propre«, gestikulierte er eifrig, »immer sauber ... alles war sauber dort bei ihm. Dort drüben aber ... in dem andern Haus ...« Er wies mit dem Kopf auf den erleuchteten Bungalow hinter uns, »tout est sale«.

ES GAB AUCH ANDERE ZIMMER

Es war über eine halbe Stunde später, als wir todmüde wieder dem beleuchteten Bungalow zueilten. Während dieser Zeit waren wir ununterbrochen im Dunkeln die Hügel hinauf- und hinuntergeklettert, hinauf, um im Haus des Mechanikers Schlüssel zu holen, wieder hinunter, dann hinauf auf den gegenüberliegenden Hügel, um das Haus des ehemaligen Chefs zu besichtigen, wieder hinunter und schließlich aufs neue hinauf zum Bungalow unseres Gastgebers.

Wir waren sehr verlegen, als wir uns dem beleuchteten Hauseingang näherten; unwillkürlich hörten wir auf zu sprechen. Als wir durch das Fenster undeutlich die Gestalten des Ehepaares erblickten, ergriff uns ein plötzliches Gefühl des Mitleids mit ihnen; wir schämten uns unserer Gedanken und unserer Geheimniskrämerei. Wie sollten wir es ihnen nur beibringen, daß wir nicht in ihrem Zimmer schlafen wollten? Jetzt nicht ... später. Wir könnten es bis nach dem Abendessen aufschieben ...

Als wir eintraten, saßen drei Personen ruhig wartend und sehr geduldig um den Tisch herum. Sie sagten nichts. Der zweite Funker, ein bleicher Mulatte, stand bescheiden auf und wartete still darauf, uns vorgestellt zu werden. Nachdem wir ihm die Hand geschüttelt hatten, nahm er wieder Platz. Die junge Frau führte uns durch ihr Schlafzimmer in einen Nebenraum, in dem ein kleines Becken zum Waschen stand. Ich goß dankbar Wasser über meine Hände und griff nach dem Handtuch, das an einem Haken hing.

»Nicht«, warnte mich mein Mann leise, »verwende das Handtuch nicht.« Er warf einen raschen Blick in die Richtung des Eßzimmers.

»Natürlich, du hast recht.« (C'est tout contaminé ... tout est sale.)

Ich zog ein kleines, schmutziges Taschentuch aus der Tasche, tauchte es ins Wasser, wrang es aus und versuchte, mein Gesicht und meine Hände damit zu trocknen. Sie blieben feucht. Ich schüttelte die Hände in der Luft und trocknete sie auf diese Weise notdürftig. Mein Haar war im Nacken und um Stirn und Ohren noch immer feucht.

Wir gingen wieder in das Eßzimmer zurück und setzten uns nebeneinander, dem »Chef« gegenüber. Die junge Frau saß am Tischende, den Blick auf die Tür gerichtet. Eine Negerin, eine rote Bandanna um den Kopf geschlungen, schlurfte herein und stellte das Essen auf den Tisch. Es gab kaltes Fleisch, Bohnen in Öl und harte weiße Brötchen.

Wir waren hungrig, und das Essen schmeckte gut. Die Teller waren rein, der Tisch sauber gedeckt, aber wir fühlten uns nicht behaglich; es gelang uns nicht, das Essen zu genießen oder uns ungezwungen mit den Gastgebern zu unterhalten. Es war, als seien wir gespalten, nur halb anwesend. Zwei Menschen waren da, saßen am Tisch, waren hungrig, den übrigen freundlich gesinnt: sie gehörten zu dieser Tischrunde. Dann aber gab es auch noch zwei andere Menschen, die draußen im Dunkeln standen, durch das erleuchtete Fenster blickten ... zwei Außenseiter, Abgesonderte, Feinde, und diese beiden Menschen bespitzelten die ahnungslosen Tischgenossen, prüften kritisch die Gläser, um zu sehen, ob sie sauber seien; prüften die Teller, um sich zu überzeugen, daß sie gewaschen seien; prüften die Gabeln und Löffel; flüsterten draußen im Dunkeln: »Tout est contaminé, tout est sale.«

Die Mahlzeit verlief schweigend. Der Geruch gerösteten Kaffees war durchdringend und köstlich. Hie und da hustete der »Chef«.

Nach dem Essen stand der zweite Funker auf, entschuldigte sich kurz und ging hinaus. Die junge Frau griff nach einem Zahnstocher. Der »Chef« erhob sich und nahm eine

Flasche mit Medizin aus dem Schrank. Er goß eine helle Flüssigkeit in einen Teelöffel, schüttete sie in ein Glas Wasser und rührte langsam um. Es herrschte ein lastendes Schweigen, in dem die im gleichen Augenblick auf das gleiche gerichteten Gedanken zweier Menschen zusammenstießen. Ich sah Charles nicht an, aber es war, als atmeten wir zugleich. Der Teelöffel klirrte leise gegen das Glas. Jemand mußte das Schweigen brechen.

»Ich habe Rheumatismus«, sagte der »Chef« leichthin, warf den Kopf zurück und trank den Inhalt des Glases in einem Schluck aus. »Ich muß Arznei nehmen.«

Mein Mann nickte mitfühlend und verlegen.

Die junge Frau sah mich an. »Sind Sie müde? Wollen Sie schlafen gehen?« Sie wies mit einer kleinen Geste auf den Türvorhang hinter ihr.

Wir *mußten* jetzt mit der Sprache herausrücken. Ich warf Charles einen Blick zu. Er rückte auf seinem Stuhl hin und her und beugte sich vor. »Ja«, sagte er lächelnd, »wir sollten schlafen gehen, aber wir wollen Sie Ihres Zimmers nicht berauben...«

»Comment?« Der »Chef« fuhr auf und sah mich über den Tisch hinweg an.

»Mon mari dit«, versuchte ich zu erklären, »daß wir Ihr Zimmer nicht in Anspruch nehmen sollten, Monsieur. Wir... können im Haus des früheren Chefs schlafen.«

»Dort drüben?« Seine Brauen hoben sich überrascht, unangenehm berührt. »Aber nein, dort ist es schmutzig, es ist...«

»Nein, nein, es ist nicht eigentlich schmutzig«, sagten wir leichthin, »wir haben es uns angesehen... es geht schon...«

»O nein, es *ist* schmutzig!« Er schob seinen Stuhl zurück und sprang auf. »Die Direktion hat mich beauftragt...« Seine Augen glänzten erregt. »Ich soll alles für Sie tun, was in meiner Macht steht... Monsieur, Sie wollen mein Bett nicht benutzen –« Der Satz, mit erhobener Stimme begonnen, blieb unvollendet mitten in der Luft stecken, eine kraftlose Drohung.

Dann fuhr er mit der Geste der Hoffnungslosigkeit, die wir schon an ihm kannten, ruhiger fort: »Dort drüben ist es schmutzig ... schon lange nicht gereinigt worden ...«

Er sah seine Frau an. Sie sagte nichts, aber ihr Gesicht wurde leblos und leer. So trübe sah es aus wie Schnee an einem Nebeltag. Alter Schnee am Bergabhang, dessen frostige Wehmut nur gemildert wird durch das Schwarz feuchter, dunkler Baumstämme. Ihre Augen waren ohne Tiefe wie diese glanzlosen Stämme. Ihr Gesicht glich einem Teich, in den man einen Stein werfen kann, ohne daß seine Oberfläche sich kräuselt. Sie bewegte sich nicht, sondern schüttelte nur stumm den Kopf.

»Außerdem«, sagte der »Chef« müde, »il y a des bêtes qui piquent.« (Wanzen vermutlich ...)

»Ach, das macht nichts«, sagte mein Mann, diese Bedenken zerstreuend, »wir haben unser eigenes Bettzeug. Das führen wir immer im Flugzeug mit. Wir können es ...«

»Jamais!«, protestierte der »Chef« heftig, »jamais, jamais!« Eine lange, dunkle Locke fiel ihm in die Stirn; er strich sie unwillig zurück. »Wo doch in meinem Haus so viele unbenutzte Betten sind ... oh, non ... niemals ... ich kann nicht zulassen, daß Sie Ihr Bettzeug benutzen ... c'est honteux ... hier haben wir drei, vier Zimmer ...«

Ja, richtig, es gab ja noch mehr Zimmer hier im Haus ... nun, vielleicht. Wir schwankten. Ja, wir wollten sie uns ansehen.

Wir gingen hinaus und betraten die dunkle Veranda. Der »Chef« schloß mehrere Türen auf und bemühte sich, für Beleuchtung zu sorgen. Das Gebäude wurde von der Funkstation mit elektrischem Licht versorgt, aber in den Zimmern waren keine Glühbirnen. Schließlich fand er doch eine, die funktionierte. Die von der Decke herabhängende schirmlose Birne warf ihr grelles Licht auf einen kahlen Raum, gesprungene, mit Spinnweb bedeckte Gipswände, ein eisernes Bett, ein Waschbecken in der Ecke und einen roh gezimmerten Tisch, Stühle waren nicht vorhanden.

»Großartig ... das genügt vollkommen.« Wir versuchten, die Leute zu beruhigen. Das Gesicht der jungen Frau hatte sich nicht verändert. Still ging sie Bettzeug holen. Man brachte uns auch unser Gepäck – die beiden Kleiderbündel, die Kamera und meine Funkertasche – ins Zimmer und stellte es auf den Tisch. Der betonierte Fußboden war über und über mit dem rötlichen Staub bedeckt.

Wir fingen an, die Betten mit den Leintüchern, die die junge Frau uns gebracht hatte, zu überziehen. Die in der Mitte eingedrückte Matratze schüttelten wir zurecht und stopften die an einigen Stellen herausquellende Füllung wieder hinein. Die dünnen baumwollenen Leintücher waren sauber, wiesen aber zahlreiche ausgewaschene braune Flecken auf.

Die junge Frau lächelte verlegen. »Er benutzte sie als Tischtücher ... der Mann, der hier wohnte.«

»Schadet gar nichts«, sagte ich, »die Hauptsache ist, daß sie gewaschen sind.« Wir drehten das Tuch um, so daß die ärgsten Flecken an das Fußende kamen.

Schließlich war das Bett gemacht, das Kissen ordentlich aufgeschüttelt, die baumwollene Decke an den Seiten eingeschlagen. Die junge Frau trat zurück, um das fertige Werk zu betrachten.

Dann blickte sie mich kopfschüttelnd an. »Noch nie haben Sie in einem so schrecklichen Bett geschlafen«, meinte sie traurig. Sie sagte dies ohne besondere Betonung. Es war weder eine Entschuldigung noch eine Frage. Es war, als stelle sie etwas vor mich hin, so wie sie vor dem Abendessen ganz still die leeren Teller auf den Tisch gestellt hatte. Ohne meine Antwort abzuwarten, ging sie zur Tür.

»O nein, Sie glauben gar nicht, wo und wie ich schon geschlafen habe«, rief ich in einem Ton, der scherzhaft klingen sollte. »Das geht gut so ... wir sind schon froh, überhaupt ein Bett zu haben.«

Aber sie war noch nicht beruhigt. »Il y a des petites bêtes«, sagte sie, an der Tür stehend, in gleichem Ton wie vorher. »Les petites bêtes qui piquent.«

Nach dieser Feststellung verließ sie mit ihrem Mann das Zimmer.

Wir fingen an auszupacken, knüpften die Schnüre, mit denen unsere Bündel zusammengebunden waren, auf. Ich setzte mich auf das Bett und starrte unwillkürlich auf die Flecken. Aber schließlich, was machte das aus ... wir waren so müde. Gott sei Dank, hier war ein Bett, in dem wir schlafen konnten ... der Tag war vorüber.

Was für ein langer Tag! Wann hatte er begonnen – vor wieviel Jahren? Ich versuchte, bis zu den altersgrauen Anfängen dieses endlosen Tages zurückzudenken. Villa Cisneros ... gestern abend waren wir noch in Villa Cisneros an der afrikanischen Küste gewesen. Glühend heiße Wüste; ein quadratisches spanisches Fort; die Mauren in ihren kühlen, weißen Gewändern ... Wie weit lag das alles schon zurück! Früh morgens, noch in der Dunkelheit, waren wir aufgestanden und am Abend vorher spät zur Ruhe gegangen. Ein langwährendes spanisches Mahl; um zehn hatte es begonnen und bis ein Uhr nachts gedauert. Es hatte sehr süßen, starken Kaffee gegeben, und eine Frau hatte mir drei Straußenfedern geschenkt. Und dann waren wir vor Müdigkeit ins Bett gefallen, denn wir kamen von ... nein, so weit zurück konnte ich nicht mehr denken.

All dies erschien mir jetzt wie ein Traum, wie etwas völlig Unwirkliches, und doch waren jene Augenblicke gerade so wirklich gewesen wie der jetzige. Das Zimmer gestern abend, mit Schachteln und buntbemalten Möbeln, vollgestopft, war gerade so wirklich gewesen wie dieses hier. Ich hatte auf einem Bett gesessen und mir den Kopf darüber zerbrochen, was ich wohl mit den Straußenfedern anfangen sollte. Nun aber war nur dies noch Wirklichkeit: auf dem Bett hier zu sitzen, die braunen Flecken auf dem Leintuch, das Kissen, die Risse in der Wand, den schmutzigen Fußboden anzusehen...

»Charles, ist das eine Wanze?«

Er blickte kritisch auf einen umherkriechenden schwarzen Käfer nieder.

»Nein... zu groß...«

Ich begann mich auszukleiden. Auf der Bettdecke war ein schwarzer Punkt.

»Eine Wanze?« Ich fuhr hoch.

»Sieht so aus.« Charles nahm den schwarzen Punkt vorsichtig zwischen Daumen und Zeigefinger.

»Auf dem Kissen ist noch eine.«

Wir hoben die Kissen auf und blickten darunter. »Und noch eine... hier.«

Er legte eine auf den Fußboden und zerdrückte sie mit dem Schuhabsatz.

Ich wich vom Bett zurück. »Sieh nur... auf dem Tisch ist auch eine.«

»Vermutlich gibt es auch welche in den Wänden.« Mein Mann musterte die Risse in den Wänden argwöhnisch.

»O Gott! Komm... gehen wir hinaus, schlafen wir im Flugzeug!«

»Augenblick mal... vielleicht sind es gar keine Wanzen.« Er trat eine zweite tot. »Sollen wir es nicht vielleicht... auf einen Versuch ankommen lassen?«

»Ich für meinen Teil bin überzeugt, daß es Wanzen sind... die Frau hat ja selbst gesagt...«

»Weißt du was...«, schlug mein Mann vor, »ich trage so ein Vieh zum ›Chef‹ hinüber und frag ihn, ob es beißt...«

Und schon war er draußen.

Wartend stand ich in der Mitte des Zimmers. Die leiseste Bewegung im Raum drang in mein Bewußtsein ein; schwarze Insekten krabbelten über den Fußboden, andere, blaß und undefinierbar, krochen aus den Ritzen in der Wand, wieder andere, schlanke, surrende Tiere mit langen, fadendünnen Beinen, stürmten ohne Unterlaß gegen das Licht an. Mir graute davor, das Bett, die Wände, den Tisch zu berühren. Nur wenn ich ununterbrochen im Zimmer auf- und abging, konnte nichts meine Beine hinaufklettern.

»Charles?«

Grinsend kam er herein. »Ich hab ihn gefragt. Er sagt: Ja, sie beißen, aber nicht arg.«

»Nicht arg!« rief ich entsetzt. »Natürlich sind es Wanzen ... was sollen wir nur tun?«

»Nun« – Charles dachte einen Augenblick nach, »vielleicht mögen sie keine Zitronenessenz ... das könnten wir mal versuchen ...«

»Nein, nein, es ist zu schrecklich ... eher gehe ich die ganze Nacht auf und ab oder setze mich an den Tisch ...«

»Da bist du vor ihnen auch nicht sicher«, gab mein Mann zu bedenken. »Du fällst ja um vor Müdigkeit ... im Flugzeug wird es heiß sein ... wir müssen ein paar Stunden schlafen ...«

»Aber wie? In dem Bett dort kann ich nicht eine Minute schlafen. Übrigens wissen wir auch nicht, wer früher darin geschlafen hat ... können Wanzen Krankheiten übertragen? Die Matratze ist ganz voll von ihnen ... schau nur ... fünf kann ich von hier aus sehen ...«

»Wo?«

Zwei auf dem Kissen, drei ... vier auf dem Leintuch ... fünf am Bettgestell ... da ist noch eine ... sechs ... sieben, unten am Pfosten ...«

»Acht ... da kriecht gerade eine aus dem Kissen heraus ... neun.« Wir schlugen die Decke zurück.

»Zehn ... dort in der Ritze ... elf.« Wir zogen das Leintuch aus dem Bett.

»Zwölf, dreizehn ... vierzehn ... also, du hast recht, das ist wirklich ein bißchen zu viel«, gab Charles schließlich zu. »Ich fange an, das Gepäck hinunterzutragen. Bleib inzwischen hier...«

Wir trugen unsere ganzen Sachen auf die Veranda hinaus, drehten das Licht ab und schlossen leise die Türe. Ich schüttelte alles, die Bündel, die Schuhe, die Kamera. Wenn nun all die Sachen schon verwanzt wären und wir diese schrecklichen Dinger den ganzen Weg über den Ozean mitschleppen müßten!

Mein Mann nahm zwei Bündel und verschwand um die Ecke. Allein, wartend, blieb ich auf der dunklen Veranda stehen. Noch immer wehte der Wind über das Haus, das Rauschen eines großen Stroms. Ich ging ins Freie hinaus, ließ dankbar den Wind durch mein Haar, über meine Stirn, an meinen Ohren vorbeiwehen; ich ließ ihn gegen mich anstürmen, mir die Hemdbluse gegen Hals und Arme pressen. Der Wind war kühl, stark und frisch. Er hatte über die Berge und das Meer geweht, er kam von Inseln, von Wüsten her, sauber und kraftvoll wie die Meeresflut. Er würde die Wanzen wegwehen. Er würde mich sauberwaschen... oh, guter, lieber Wind!

Mit dem zweiten Teil des Gepäcks gingen wir zusammen den Hügel hinunter. Ich war nicht mehr müde; ich fühlte mich erleichtert. Wir hatten das Haus dort, das Zimmer, das Bett verlassen. Wir waren frei. Dort unten lag unser Flugzeug, schlank, glänzend, vom Wind umspielt... dort draußen im Hafen. Gott sei Dank, wir brauchten nicht in dem entsetzlichen Zimmer zu schlafen!

Ein Dreiviertelmond stieg über dem gegenüberliegenden Hügel auf. In seinem sanften Licht wurden die weichen Umrisse des Hügels, die harten Konturen des Hangardaches sichtbar. Der viereckige Sockel des Krans ragte weiß und undeutlich im Licht des Mondes empor. In breiten Wellen schlug das Meer ans Ufer.

Von dem grauen Schatten, den der Kran warf, hoben sich die dunkleren Schatten der beiden schlafenden Neger ab. Ihre zusammengekrümmten Körper streckten sich langsam, als wir uns näherten. Die beiden Boys standen auf und stolperten unsicher zum steinigen Strand hinunter. Kein Wort wurde gesprochen, kein Befehl erteilt. Wir waren gekommen; sie wußten nicht warum. Wir wollten zum Flugzeug, und ohne zu fragen, ruderten sie uns hin.

In dem kleinen Boot glitten wir über das Wasser. Niemand sprach, die Boys waren noch schlaftrunken, der Wind hüllte uns alle ein wie die Dunkelheit. In das Schweigen der Nacht tropften die leisen Geräusche unserer heimlichen Fahrt; das hohle Knirschen der Ruderdollen, das Knarren des Bootes, das langsame, gleichmäßige Eintauchen der Ruder.

Es war kühl auf dem Flugzeug, der Wind blies stark und frisch. Wir verstauten die Bündel wieder in unserem langen Gepäckraum, legten die harten nach unten, die weichen darüber, um sie als Betten zu benützen. Dann streckten wir uns in unseren Schlafsäcken darauf aus; die Rippen des Flugzeugrumpfes wölbten sich als Dach über uns; die Luke des Gepäckraumes war für uns ein Fensterchen, durch das wir den Himmel sehen konnten. Die Maschine schaukelte sanft; kleine Wellen schlugen leise gegen die Schwimmer. Mir war, als schwebten wir, als lägen wir, von einer leichten Brise bewegt, in einer Hängematte. Nun, als wir still im Dunkeln ruhten, spürten wir die Gegenwart des Windes als etwas Lebendiges und Körperliches; als einen aus unendlich vielen verschiedenen Geräuschen bestehenden Klangfaden, als einen Fluß mit starker Strömung und kleinen, sprudelnden Wirbeln. Zuweilen drangen nur die nahen Laute in mein Bewußtsein, die kleinen Oberflächenwirbel, das Klopfen und Pfeifen dicht am Flugzeug. Dann wieder vernahm ich nichts als das ferne Brausen hoch oben.

Jetzt, im Halbschlaf, war der Wind kein Fluß mehr für mich, sondern eine Woge, die Kraft aus den verebbenden Wassern sog, Steinchen und Sand schluckte, und diese Woge türmte sich dunkel und drohend vor mir auf. Ich aber war ein kleines Kind geworden, auf das die riesige Welle losstürmte; zu nah war ich ihr, um über den schlüpfrigen Sand zurückzulaufen, zu weit von ihr entfernt, um tapfer unter die heranbrausende grüne Kuppel zu tauchen. So blieb ich denn stehen, sah die Woge immer größer werden, gewaltiger mit jeder Sekunde, bereit, sich in wütendem Ansturm über mich zu ergießen. Eine Woge, die zitternd höher und höher stieg ... und nie zusammenstürzte.

NEUER MORGEN UND NEUE PLÄNE

Am nächsten Morgen erwachte ich mit einem leisen Gefühl der Unsicherheit, der Unrast. War es ein Traum, gegen den ich anzukämpfen hatte, Kopfweh, oder wurde ich krank? Ich drehte mich mit Mühe um, lag einen Moment lang ganz still da und versuchte, das dumpfe Unbehagen, das mich ergriffen hatte, zu analysieren, seinen Ursprung zu ergründen, wie man die Ursache körperlichen Schmerzes auszumachen suchte. Langsam nahm die Empfindung eine bestimmtere Form an. Und nun wußte ich auf einmal, was es war: noch immer wehte der Wind. Die ganze Nacht hindurch hatte er nicht geruht. Und jetzt war das blendend grelle Licht des Tages da. Ich fühlte eine bleierne Müdigkeit, als sei ich die ganze Nacht wach gewesen, in der steten Erwartung, der Wind möge aufhören zu wehen, die Woge möge sich am Strand brechen.

Aber das war nicht alles; etwas anderes kam hinzu. Ich öffnete die Augen und blickte auf das gewölbte Dach über mir, auf das komplizierte Gewirr von Drähten und Röhren auf der Rückseite des Armaturenbretts. Allmählich wurden meine Gedanken klarer: Wir hatten im Flugzeug geschlafen ... das schreckliche Zimmer ... die Leute drüben im Haus ... was würden sie tun, wenn sie unsere Flucht entdeckten? Was könnten wir ihnen sagen? Wir hätten sehr früh aufstehen und zurückkehren sollen. Dann wäre es nicht so schlimm gewesen. Jetzt blieb nichts mehr übrig, als so rasch wie möglich alles zu erklären.

Während des hastigen Ankleidens stießen wir unausgesetzt mit den Ellbogen gegen die Wände, gegen die Benzintanks, und unsere Köpfe kamen wiederholt in unsanfte Berührung mit den scharfen Rückseiten der Instrumente. Manche Röhren waren mit braunem Fett geschmiert. Wir wuschen uns, so gut es ging, mit feuchten Taschentüchern. Die Leintücher waren voll Sand, und die Haut an unseren Händen fing an, trocken und wund zu werden. Rasch ... rasch zogen wir unsere Kleider an, zerdrückt wie sie waren, denn sie hatten uns ja zusammengerollt als Kopfkissen gedient. Nur rasch ... wir mußten bei den Leuten sein, ehe sie ...

»Zu spät ... sie sind schon am Strand.«

Durch eine Öffnung im Flugzeugrumpf spähend, sah ich in der Tat den »Chef« und seine Frau am Ufer stehen. Sie beobachteten die Maschine, warteten auf uns. Genau wie gestern, dachte ich, als ich sie dort stehen sah, die hagere Gestalt unter dem Tropenhelm, das dünne, flatternde Kleidchen der jungen Frau, nur ... gestern waren wir Fremde gewesen. Heute hatte sich unser Leben mit dem ihren unentwirrbar verknüpft. Wir wußten, wie sie lebten, wie sie sprachen, was sie dachten, wir kannten ihre Neigungen und ihre Abneigungen, ihre Schwächen und ihre warme Menschlichkeit. Sie waren gut zu uns gewesen, und wir hatten sie tief verletzt. Das war an der Art, wie sie dort standen, deutlich zu erkennen: Er, sehr gerade aufgerichtet, traurig dreinschauend, den langen Rock feierlich zugeknöpft; demütig und unterwürfig sah er aus und gleichzeitig formell und würdevoll wie ein entfernter Verwandter bei einem Begräbnis. Die junge Frau stand wie ein stummer Schatten hinter ihm; all seine unausgedrückten Gefühle spiegelten sich in ihrem blaß-gelblichen, schmollenden Gesicht.

O Gott ... was sollten wir ihnen nur sagen? Am besten gar nichts. Einfach darüber hinweggehen. Wir ruderten an Land und begrüßten das Paar schon von weitem mit möglichst unbefangener Herzlichkeit. Der »Chef« ging mit geraden, steifen Schritten bis dicht ans Wasser heran und zog das Boot ans Ufer. Als wir ausgestiegen waren, richtete er sich auf und hüstelte eigentümlich.

»Sie konnten ... hm ... dort oben ... nicht schlafen?« würgte er hervor.

»Ach, wissen Sie«, sagte Charles leichthin, »wir bekamen plötzlich Lust, im Flugzeug zu schlafen. Das tun wir oft ... es ist ... sehr bequem und ...«

Es hätte keinen Zweck gehabt, weiterzusprechen. Die beiden hörten eigentlich gar nicht zu. Sie warteten auf etwas, das sie im voraus wußten ... auf eine konventionelle Ausrede dafür, daß wir die Ärmlichkeit, die Unsauberkeit, den verwahrlosten Zustand jenes Zimmers nicht ertragen konnten. Die Worte, die mein Mann weiter sprach, flatterten, aller Glaubwürdigkeit beraubt, schlaff und kläglich, wie Fahnen in abflauendem Wind.

Wir wandten uns um und stiegen zum Bungalow hinauf, um zu frühstücken. Der »Chef« und seine Frau hatten schon gegessen, einige Bananenschalen lagen noch, schon bräunlich geworden, auf den Tellern. Der »Chef« forderte uns mit einer Handbewegung auf, Platz zu nehmen. Schweigend setzten wir uns. Eine der Negerinnen brachte eine Kanne Kaffee herein.

»Der Kaffee ist wunderbar«, durchbrach meine Stimme schüchtern das gedrückte Schweigen; gleich einem Steinchen, das in einen stillen Teich fällt.

Der »Chef« wandte sich mir mit leicht gerunzelter Stirne zu. Er schob mir einen Teller mit Brötchen hin. »Es tut mir leid«, sagte er ernst, »daß das Brot so hart ist, aber es kommt aus Praia. Ein Junge bringt es zu Fuß ... es ist ein weiter Weg...«

»Ja, ja, gewiß.« (Sehr hastig sagte ich das.)

Schweigend aßen wir unsere Spiegeleier.

Aus Porto Praia waren Leute gekommen, um mit uns über die Treibstoffversorgung des Flugzeuges zu sprechen. Beim Hangar warteten sie auf uns. Schon war von der Nachtkühle nichts mehr zu spüren; die Morgensonne und der trockene

Wind hatten ihr rasch ein Ende gemacht. Wieder strahlte der Betonstreifen blendend weiß, nur dort beschattet, wo der staubige Wagen stand. Zwei Männer sprangen aus dem Auto, als wir uns näherten, und klopften sich hastig den Staub von den Kleidern. Nachdem sie uns begrüßt hatten, sprachen sie zuerst in portugiesischer, dann langsamer in englischer Sprache auf uns ein.

»Oberst Lindbergh, wir freuen uns, Sie hier bei uns zu sehen; wir haben das Benzin und das Öl für Sie, fünfundneunzig Kanister. Alles ist bereit. Hier ist die Aufstellung.«

Der Treibstoffhändler übergab meinem Mann die Liste und wartete strahlend auf die Anerkennung für seine Leistung.

Charles lächelte höflich und nahm die Aufstellung an sich. (Niemals würden wir mit einer solchen Treibstofflast starten können, ging es mir durch den Kopf, niemals, solange die See so bewegt war ... niemals!) Mein Mann blickte auf das Papier, wie man auf einen Brief blickt, der ankommt, nachdem man den Absender schon gesehen und mit ihm gesprochen hat. Auf einen Brief, der, wäre er früher gekommen, einen lebendigen Inhalt gehabt hätte, nun aber, kalt und leblos, nur noch ein ganz unwichtiges Stückchen Papier war.

»Jawohl«, wiederholte der Agent, noch immer stolz lächelnd, »alles ist bereit.« Etwas verlegen trat er von einem Fuß auf den andern.

»Ausgezeichnet ... ausgezeichnet«, nickte mein Mann.

Alles war bereit; der Treibstoff, schon vor Monaten bestellt; das Flugzeug, schmuck und glänzend auf den Wellen schaukelnd, wohl ausgerüstet und startbereit. Alles hier, dachte ich, mich umblickend, ist bereit: Die Funktürme drüben auf dem Hügel, der leere Hangar, der in der Sonne blitzende betonierte Pier, der Hebekran, und nun auch der Treibstoff. Alles, was in menschlicher Hand lag, war bereit ... Nur der Wind war nicht bereit.

»Sie brauchen es natürlich sofort, nicht wahr?« erkundigte sich der Vertreter eifrig.

»Nein, nein«, antwortete mein Mann, »nicht gleich ... wenigstens nicht das ganze ...« Sein Blick richtete sich einen Augenblick lang auf die Wellenkämme vor der Hafeneinfahrt. Dann stellte er die entscheidende Frage:

»Hört der Wind hier nie auf?«

»O doch«, beruhigte ihn der Agent, »gewiß hört er auf, aber nicht jetzt, nicht um diese Jahreszeit.«

»Wann also?«

»Nun«, überlegte der Mann, »sechs Monate wird er schon noch so weiterblasen.«

»Sechs Monate! Ununterbrochen?«

»Jawohl. Sechs Monate lang gibt es jetzt keine Windstille.«

Sechs Monate lang dieses Geräusch einer sich brausend dahinwälzenden Woge, sechs Monate lang dieser nie endende klagende Laut! Gewöhnte man sich mit der Zeit daran, oder wartete man bis in alle Ewigkeit auf eine Pause ...?

Die Hitze stieg jetzt von dem Betonboden immer weiter in die Höhe, wurde körperlich wie eine zähe Masse, in der wir bis zu den Hüften standen.

»Wieviel Treibstoff brauchen Sie denn jetzt, Oberst?« fragte der Mann, während sein Fuß durch die auf den Beton gewehten Sandkörnchen glitt. »Wir können ihn heute nachmittag bringen, sogar heute morgen schon, wenn Sie es wünschen ...«

»Vorläufig nur etwa fünfzig Gallonen, denke ich«, sagte Charles, »später, wenn wir mehr brauchen, werden wir Sie es wissen lassen ...«

»Mit Vergnügen ... mit Vergnügen.« Der Agent verbeugte sich. »Wir sind sehr stolz ... wir haben auch die DO-X hier gehabt ...«

»Die DO-X, wann war das?«

»Oh, schon vor längerer Zeit, ich erinnere mich nicht genau ...«

»Wo ist sie gelandet, wissen Sie das?« Mein Mann blickte gespannt von einem zum andern.

»Dort drüben hinter dem Hügel.« Der »Chef« wies in die angegebene Richtung.

»Sie sind längere Zeit hier geblieben«, ergänzte der Agent, »einen Monat vielleicht oder noch länger ... genau weiß ich es nicht mehr.« Er wandte sich an seinen schweigsamen Begleiter, um Bestätigung für seine Angaben zu finden. »Ich glaube, sie hatten irgendwelche Schwierigkeiten ... etwas verzögerte ihren Abflug ... genau weiß ich es nicht mehr, aber etwas war nicht in Ordnung, vielleicht die Witterungsumstände ...« Seine Stimme verklang in einem unsicheren Gemurmel. Dann nahm er sich zusammen und sah sich abschiednehmend im Kreis um, mit dem Ausdruck eines Mannes, der sich vergewissern will, ob er nichts – Hut, Handschuhe, Stock? – vergessen hat.

»Also auf Wiedersehen, Oberst ... das Benzin wird heute nachmittag hier sein ... auf Wiedersehen ... auf Wiedersehen.«

»BRASILIEN? ER DRÜCKT DEN KNOPF«

»Nun, das ist ja nicht gerade ermutigend«, sagte ich zu Charles, nachdem die Männer fort waren.

»Nein, das kann man nicht behaupten.« Nachdenklich ging er den Strand entlang. »Na, wir werden ja sehen ... Ich glaube, ich werde noch einmal hinausfahren und mir die Wellen aus der Nähe anschauen.«

Allein geblieben, stieg ich den Hügel hinauf zum Haus des ehemaligen Chefs, um mich zu waschen und umzukleiden. Die Frau des »Chefs« hatte gar nicht mehr davon gesprochen, daß wir ihre Zimmer benutzen sollten. Eimer voll Wasser für die gesprungenen Porzellanbecken und unsere Kleiderbündel waren von den Boys bereits in den anderen Bungalow hinaufgetragen worden. Wir waren beim Gouverneur zum Lunch eingeladen. (Die kühlen Veranden, die Brokatsofas, die gepflegten Frauen in leichten Sommerkleidern!) Wie weit war ich doch von der Welt entfernt, als ich so in staubigen Hosen den Hügel hinaufkletterte. Wenn ich meine Hosen mit einem Kleid vertauschte, einen entsetzlich zerdrückten Hut und ein Paar Seidenstrümpfe auspackte ... wenn ich den ganzen Rest des Vormittags dazu verwendete, mich zu waschen, würde ich selbst dann, gewaschen, gekämmt und ordentlich angezogen, also äußerlich zivilisiert aussehend, den Weg zu jener anderen Welt wirklich wieder finden? Ich spürte, daß uns vom Haus des Gouverneurs in Praia ein tiefer Graben trennte, der nicht durch Wasser, saubere Kleider und eine Autofahrt in die Stadt auszufüllen war. Etwas anderes trennte uns, etwas, das wir frei gewählt hatten, etwas, das ich nur unbestimmt empfand und das dennoch vorhanden war ... all das, was wir, wir beide, erlebt, die Feuerprobe, die wir bestanden hatten. Nur scheinbar würden wir heute in unseren sauberen Kleidern, mit unseren geputzten Schuhen an einer schön gedeckten Tafel sitzen. Unsere Beziehung zum Kreis dieser Menschen würde nur zum Schein bestehen und nicht wirklich sein, wie meine Beziehung zu den unter meinen Füßen weggleitenden Steinen, zu den Dornen, die sich in meinen Hosen verfingen; nicht wirklich wie meine Beziehung zu dem Wind, der um meine Ohren brauste, als ich nun bergansteigend gegen ihn ankämpfte, zur Sonne, die glühend auf meinen Kopf brannte, zu der Hitze, durch die ich mit jedem Schritt förmlich watete. Nichts trennte mich von diesen Dingen. Sie gehörten zu mir, sie waren ein Teil meiner freigewählten Welt. Ein Teil des Ganzen, das wir zu vollbringen hatten. Und deshalb waren sie wirklich und erträglich. Sie waren das Leben selbst.

Als der Seitenweg zum Bungalow abzweigte, blieb ich stehen, ein wenig erschöpft von der Anstrengung. Nun, da der Wind nicht mehr gegen mich anstürmte, vernahm mein Ohr auch seinen zweiten, ferneren Klang, die mächtig sich emportürmende Woge. Unten beim Ausgang der Bucht mühte mein Mann sich wieder mit gleichmäßigen Ruderschlägen. Genau wie gestern, dachte ich, und schwere Müdigkeit überkam mich. Und das Morgen würde genau so sein wie das Heute ... das Übermorgen wie das Morgen ... und so weiter und immer weiter. Bis in alle Ewigkeit würde ich mich diesen staubigen Hügel hinaufschleppen, bis in alle Ewigkeit würde mein Mann beim Ausgang der Bucht die Ruder führen ...

Langsamen Schrittes ging ich auf den Bungalow zu.

»Charles?«

Die Außentür schlug zu, als er in das Haus trat. Die Vorhänge flatterten in das Zimmer, in dem ich mich gerade wusch.

»Also ...« Langsam kam er herein und blieb in der Mitte des Zimmers stehen; er hatte einen Entschluß gefaßt.

»Nun?«

»Ich glaube nicht, daß wir mit voller Ladung von hier wegkommen.« Er machte eine kurze Pause; ich blickte auf. Offenbar war er froh, zu einem Entschluß gelangt zu sein. »Ich werde einen Funkspruch nach Dakar senden, um die Erlaubnis ansuchen, dort zu landen und den Weiterflug neu zu organisieren.«

»*Zurück* ... zurück nach Dakar?« Das hieß ja, einen Berg hinuntersteigen, den wir gerade erst erklettert hatten!

»Es sind nur ungefähr 650 Kilometer. Wir können von hier mit einer leichten Ladung abfliegen; wenn wir erst einmal in Dakar sind, kann uns nichts mehr geschehen. Dakar ist der nächstbeste Ausgangspunkt für den Flug nach Brasilien. Ein wichtiger französischer Flugstützpunkt. Dort haben wir keine Schwierigkeiten, uns mit Treibstoff und allem übrigen zu versorgen. In Dakar brauchen wir nicht zu warten.«

»Glaubst du, daß wir direkt von Dakar starten können?«

»Aber gewiß, das ist schon oft gemacht worden. Dakar ist einer der Südamerika am nächsten gelegenen Orte an der afrikanischen Küste.«

»Aber es ist doch über 300 Kilometer weiter als von hier, nicht wahr?« Wir hatten es ja auf der Karte haargenau nachgemessen.

»Ungefähr, aber es wird gehen. Wir können die Geschwindigkeit herabsetzen und notfalls die ganze Nacht fliegen. Der Mond wird beinahe voll sein.«

»Ja, richtig, den Mond hatte ich vergessen ...« Zögernd stimmte ich zu.

Charles verscheuchte alle meine Bedenken, und damit zerrissen auch einige der Spinnweben, der Myriaden Fäden, die uns allmählich immer unentrinnbarer zu umstricken, immer fester an diesen Ort zu fesseln schienen. Der Staub in unserem Haar gehörte dazu, die Stimme des Windes, die Hitze, der Rost, der alles anfraß, das Fieber, das schwindsüchtige Husten. All dies würde uns also nicht ewig beherrschen, niederhalten. Die unsichtbaren Fäden konnten weggeblasen werden. Die feindlichen Kräfte konnten bezwungen werden wie jene Winde, die Odysseus feindlich waren. Nur die eine uns freundlich gesinnte Kraft würde frei bleiben, um uns heimzutreiben.

»Ich gebe den Funkspruch gleich durch; vielleicht bekommen wir heute noch Antwort. Und inzwischen«, sagte mein Mann fröhlich, als er hinauseilte, »können wir uns ja für alle Fälle beim Gouverneur erkundigen, ob es hier herum noch andere, geeignetere Häfen gibt.«

Ich zog mein zerknittertes Kleid an und bog meinen zerdrückten Hut zurecht. Während der Fahrt in die Stadt hielt ich meinen Hut mit beiden Händen fest. Der Staub wehte uns in die Augen. Unter dem schattigen Portal des vom Gouverneur bewohnten Hauses hielt das Auto. Ein Mann in Uniform trat heraus, und im Hintergrund wurden Frauen in Sommerkleidern sichtbar.

Wir betraten hohe kühle Räume. Im Badezimmer konnte ich mir die Hände waschen. Auf dem Handtuchständer hingen frische purpurrote Handtücher. Unbenutzte duftende Seifenstücke gab es da und eine große Badewanne. Voll schuldbewußter Gier sah ich mich in dem Raum um, gleich einem Hungrigen, der bei einem vornehmen Gastmahl nur ganz zurückhaltend zugreifen darf. Wenn ich das alles nur richtig ausnützen könnte! Gemäß den gesellschaftlichen Vorschriften durfte ich nur gerade meine Hände ins Wasser tauchen. Ach, wenn ich nur eine Stunde in der Badewanne genießerisch schwelgen, die Hülle von der parfümierten Seife reißen und all die sorgfältig gefalteten Handtücher zerknüllen dürfte!

Aber das Essen wartete schon. Wir gingen hinunter und nahmen an einem langen Tisch Platz. Mir gegenüber saßen die Frau und die Töchter des Gouverneurs, in weißer Seide schimmernd. Es gab viele wunderbar zubereitete Gänge. Der Gouverneur sprach ein sehr schönes Französisch und unterhielt sich mit uns über die Inselgruppe. Wir erfuhren, daß die Kapverdischen Inseln wahrscheinlich von einem Venezianer namens Cada Mosto, der im Dienste Heinrichs des Seefahrers stand, entdeckt worden waren.

»Aha, Heinrich der Seefahrer!« (Der wohlbekannte Name machte mir Vergnügen. Ich sah sein Bild im Geschichtsbuch vor mir; er trug eine komische Mütze auf dem Kopf und hielt Landkarten in der Hand.)

»Eigentlich wurden sie nur durch Zufall entdeckt«, fuhr der Gouverneur fort. »Cada Mosto fuhr die afrikanische Küste entlang, aber als er das Kap Blanco umsegelte, trieben widrige Winde sein Schiff in die offene See hinaus...«

»Widrige Winde?«

»Ja, Sie haben sie ja sicher schon kennen gelernt. Der Wind trieb das Schiff zu den Kapverdischen Inseln ab; zumindest Boavista und Santiago hat Cada Mosto entdeckt. (Bitte, Mrs. Lindbergh, noch ein bißchen Huhn, ja?) Es gibt zwei Hauptgruppen, wie Sie vielleicht wissen, die Barlavento – oder luvseitig – und die Sotavento – oder leeseitig gelegenen Inseln.«

»Und wir sind in der leeseitig gelegenen Gruppe?«

»Sotavento, jawohl. In der Barlavento-Gruppe weht der Passatwind gleichmäßig das ganze Jahr. Hier bei uns gibt es gewisse Veränderungen. In der Regenzeit...«

(Ein frisches Brötchen wurde neben mein Gedeck gelegt.)

»Wann ist die Regenzeit?« erkundigte ich mich.

»Die Regenzeit ist gerade vorüber. Sie dauert von August bis Oktober. Jetzt hat eben die trockene Jahreszeit – die Zeit der ununterbrochenen Winde – begonnen, die von November bis Mai dauert. Ja, richtig, außerdem haben wir noch den Harmattan...«

»Was ist denn das?« fragte ich, ganz erstaunt darüber, daß es in der Familie der Winde, die ich so gut zu kennen glaubte, ein Mitglied gab, das mir noch nicht vorgestellt war.

»Der Harmattan ist der heiße Wind, der hier von Dezem-

ber bis Februar bläst ... sehr heiß und trocken. Er kommt von der Wüste herüber und führt kleine Staub- und Sandteilchen mit sich.«
(Der Gouverneur drückte Daumen und Zeigefinger gegeneinander, um die Winzigkeit dieser Teilchen zu demonstrieren.) »Manchmal sind die Inseln monatelang mit einer dichten gelben Staubschicht bedeckt...«
»Aber verbrennt dann nicht die ganze Ernte?« wollte Charles wissen.
»O nein, wir haben das ganze Jahr hindurch reichlich bewässerte Täler. Wir können alles mögliche anpflanzen, Zuckerrohr, Sisal, Orangen, Purgiernüsse, Kaffee...«
»Auch diesen Kaffee?« unterbrach ich ihn, meine Tasse hochhebend.
»Natürlich ist das unser eigener Kaffee. Schmeckt er Ihnen?« fragte der Gouverneur lächelnd. »Ich gebe Ihnen gerne welchen mit.« (Wir nickten höflich.) »Allerdings kommt es sehr auf die Zubereitung an. Zuerst muß er in einer niedrigen Pfanne geröstet werden ... warten Sie, ich werd' es Ihnen zeigen...«
Er ließ Kaffeebohnen kommen, die so geröstet waren, daß sie gerade die richtige Farbe hatten.
Ich tauchte für einen Augenblick in dieser unbeschwerten, bequemen, ganz und gar unwirklichen Welt unter, in der es kein Hasten und Drängen, kein Gefühl für Zeit gab. Man konnte sich darin stundenlang über die Geschichte der Kapverdischen Inseln oder ihre Bodenprodukte unterhalten. Man hatte Zeit, Kaffee zu rösten, bis er genau die richtige Farbe hatte; Zeit, alles, was es auf der Welt gab, theoretisch zu erörtern...
Nach dem Lunch ließ der Gouverneur Karten der Inseln kommen, rollte sie auf, breitete sie auf einem Tisch aus und bog die Ecken hinunter. Wir blickten auf die Inseln, die mit sauber nachgezeichneten Umrissen in einem himmelblauen Papiermeer schwammen. Santiago, Santo Antao, Sao Vi-

cente, Santa Luzia, Sao Nicolao, Sal, Boavista, Mayo, Fogo, Brava. So viele Inseln! Sicherlich mußte sich auf der einen oder andern ein Hafen finden, von dem wir abfliegen konnten. Der Gouverneur schlug uns einige vor. Keiner von ihnen war lagunenartig von Land eingeschlossen, aber immerhin mußte eine dieser auf der Leeseite der Inseln gelegenen Buchten genügend Schutz gewähren. Auf der Karte sahen sie auch wirklich sehr geschützt aus. Allerdings war das auch bei Porto Praia der Fall. Die ohne Unterlaß gegen das Ufer anrollenden Wogen waren in dieser hübschen, sauber ausgearbeiteten Karte nicht eingezeichnet. Und auch von dem rastlos wehenden Wind war darauf nichts zu sehen.

Ich begriff, daß sich unsere Schwierigkeiten nicht auf einer Karte lösen ließen, sondern nur auf wirklichem Wasser und wirklichem Land, in einem Hafen, der dem glich, den wir vorhin verlassen hatten, mit seinem Staub, seinem Wind und seinen Wellen. Den Problemen war nicht mit Lineal und Bleistift beizukommen, sondern nur, indem man sich in einem kleinen Ruderboot beim Eingang der Bucht unermüdlich über die Ruder beugte und wieder aufrichtete, unverdrossen sich gegen den Wind stemmend, staubige Hügel erklomm. Wir mußten dorthin zurück ...

»Sie sollten wirklich hier bleiben!« lud uns der Gouverneur ein. »Sie würden es bei uns sehr bequem haben.« (Ich dachte an die purpurroten Handtücher, die wohlriechende Seife, das köstliche Essen.) »Wir könnten Ihnen weitere Informationen vermitteln ... genauere Karten ... vielleicht finden Sie auf einer der anderen Inseln ...«

Der Gouverneur und seine Damen zeigten ehrliche Hilfsbereitschaft. Ihre Liebenswürdigkeit, ihr Verständnis für unsere Sorgen taten mir richtig wohl. Aber das alles half uns nicht weiter; die Hilfe, die sie uns leisten konnten, löste eben unsere Probleme doch nicht. Wenn wir nur etwas anderes von ihnen verlangt hätten: Material über die Anfänge des Sklavenhandels in Afrika, über Sisalhanf oder Eukalyptusöl, über

Baobabbäume oder Kaffee. Ich mußte an die Verse von Emily Dickinson denken:

>Brasilien? Er drückt den Knopf.
>Ohne mich anzusehn:
>Sie wissen ja, Madame, daß wir
>Ganz zur Verfügung stehn!

Nein, herzlichen Dank ... sonst nichts.

»Nochmals verbindlichsten Dank, Herr Gouverneur, auch für den Kaffee ... nein, danke ... wir müssen zu unserer Bucht zurück.«

ZURÜCK NACH DAKAR?

Unser Treibstoff wartete schon auf uns, als wir zum Hafen zurückkamen. Da standen sie auf der weißen Mole, zu einem in der Sonne des Frühnachmittags schimmernden Block vereint, diese uns so wohlbekannten viereckigen Blechkanister. Sie schienen gar nicht zu diesem sandigen Pier, zu diesem leeren, verlassenen Hangar zu passen. So neu waren sie, so frisch, so »gerade erst ausgepackt«. Alles ringsumher sah mit einem Male ganz ungewohnt wach und lebendig aus.

Auch unsere Freunde schienen das zu spüren, denn sie waren alle bei der Mole versammelt und starrten auf die Kanister. Der »Chef« in seinem grauen Anzug, kerzengerade wie immer, hatte soeben das Ausladen überwacht. Seine Frau sah den Vorgängen, im Schatten des Hangars stehend, zu; der ungewohnte Betrieb erfüllte sie offenbar mit Stolz, aber auch mit scheuer Furcht. Es geschah hier also wirklich einmal etwas! Leute kamen, brauchten Benzin, brauchten Hilfe, und ihr Mann, *ihr* Mann, leitete alles und war überhaupt die wichtigste Person weit und breit.

Auch der Mechaniker war zur Stelle, in seinem braunen Sweater und mit seinem Tropenhelm. Seine Ärmel waren halb aufgerollt, und er wartete nur darauf, beim Füllen der Benzintanks mit anzupacken. Endlich gab es also doch etwas zu tun! Noch dazu etwas, das er besser konnte als irgend ein anderer. Er würde ihnen schon zeigen, daß es auch hier, wo die Füchse sich gute Nacht sagen, Leute gab, die ihr Geschäft verstanden.

Sogar die beiden Neger hielten sich bereit; sie saßen im Ruderboot und warteten auf Befehle.

Alle freuten sich darüber, daß wir endlich da waren. So ... jetzt konnte es losgehen!

»Monsieur ... Ihr Benzin ... wollen wir die Behälter gleich füllen? Wir stehen ganz zur Verfügung ...«

»Gewiß ... vielen Dank ... ja, das könnten wir ... aber ich brauche nicht gleich alles. *(Zu mir gewandt:)* Sag ihnen, daß ich nur 10 Kanister brauche ... nur soviel, um nach Dakar zu kommen.«

Die Boys schickten sich an, das Benzin in das Boot zu laden. Der Mechaniker ging Hammer und Meißel holen, um draußen auf dem Flugzeug die Kanister zu öffnen. Ich trat zu der jungen Frau.

»Hier«, sagte ich, »ist ein bißchen Schokolade ... un petit cadeau ... vielleicht essen Sie das gerne ...«

Zuerst verstand sie es gar nicht; verwirrt sah sie mich an. Ich mußte nochmals erklären: »C'est pour vous ... für Sie«, und schob ihr das Päckchen in die Hand. Sie lächelte scheu. Dann zeigte ich ihr den Kaffee, den wir vom Gouverneur erhalten hatten. »Vielleicht könnten wir ihn heute abend versuchen. Der Gouverneur sagte, er müsse richtig geröstet werden ...« O ja, das verstand sie; gewiß würde sie ihn richtig rösten. Ob ich nicht jetzt mit ihr ins Haus kommen und mich ausruhen wolle? Ich müsse gewiß müde sein ...

Nun war ich wirklich furchtbar müde ... hatte wahnsinnige Kopfschmerzen ... sicher von der Sonne ... aber wo hätte ich in diesem Hause ruhen können? Im Zimmer des Ehepaares nicht und in dem mit den Wanzen auch nicht. Nein, ich wollte mich lieber in unserem Gepäckraum hinlegen.

»Vielen Dank«, sagte ich, »aber ich möchte gerne dabei sein, wenn die Tanks gefüllt werden. Wir kommen später zu Ihnen.«

Sie nickte, und als sie davonging, trug sie den Kaffee und die Schokolade in ihrem Tropenhelm unter dem Arm, um alles vor der Sonne zu schützen ...

Nur soviel, um bis Dakar zu kommen, dachte ich, als uns die Neger zum Flugzeug hinausgerudert hatten. Es steht also fest, daß wir nach Dakar zurückfliegen ... Ich streckte mich im Gepäckraum aus und legte mir meine Jacke als Kissen unter den Kopf.

Die Gewißheit bedeutete eine Erleichterung für mich. Also hier nicht länger auf die Möglichkeit warten, vielleicht doch einen besseren Hafen zu finden. (Es gab ja keinen, davon war ich überzeugt.) Nicht länger darauf warten, ob auf der Leeseite, wenn der Wind etwas nachließe, am Ende doch ... ach was, das Warten hätte wirklich keinen Zweck.

Unsere Bucht hatte ja ursprünglich auch wie ein guter Startplatz ausgesehen. Die Franzosen hatten hier schließlich sogar einen Flugstützpunkt errichtet. Und wir hätten über 300 Kilometer erspart. Jetzt aber wußten wir, daß es nicht ging, und da war es wirklich vernünftiger, zu einem anderen Hafen zu fliegen, einem guten Hafen, wo es alles gab ... wo wir alles bekommen konnten. Zurück nach Dakar ...

Es war ja auch schon beschlossen. Die Männer füllten bereits die Tanks ... ich konnte das Klirren der gegeneinanderstoßenden Kanister unten im Boot hören. Dann das dumpfe, metallene Geräusch, als der erste Kanister aufgestellt wurde, und dann ... päng ... päng ... päng, kurze, scharfe Schläge auf den Blechdeckel. So ... jetzt war der Meißel durch. Ein Loch wenigstens. Jetzt das zweite ... päng ... päng ... Verworren drang das Drucheinanderschwirren von Männerstimmen an mein Ohr. Nun verklang das Geräusch der Stimmen ... Schweigen ... nur noch der strömende Laut. War es der Wind, oder hörte ich das Benzin in den Behälter fließen? Ja, das mußte es sein. Einen Augenblick später drangen auch schon unverkennbar die Benzindämpfe zu mir herein. Schwer und süßlich. Wie gut ich sie kannte, diese Dämpfe! Wie oft hatte ich sie über den Tragflächen gleich durchsichtigem Feuer sich kräuselnd entweichen gesehen. Jetzt trug der Wind sie geradewegs zu mir herein.

Die Kopfschmerzen wurden dadurch natürlich nicht besser. Jetzt verzogen sich die Dämpfe ein bißchen ... ich konnte wieder atmen. Päng ... päng ... päng, ein neuer Kanister wurde geöffnet. Nun, es kamen ja nicht mehr viele ... wir mußten ja nur bis Dakar kommen. Sobald das Benzin eingefüllt war, waren wir startbereit ... nur auf die Funkmeldung mußten wir noch warten. Vielleicht kam sie schon heute nachmittag. Vielleicht könnten wir morgen früh schon abfliegen. Päng ... Päng ...

Da waren die Dämpfe wieder. Vielleicht, wenn ich alles zumachte, die Luke, die Tür ... nein, sie würden ja doch durch die Ritzen dringen, und es würde nur noch heißer hier drinnen sein. Viel konnte ja nicht mehr kommen.

Päng ... päng ... päng. Wenn sie wenigstens alle Kanister auf einmal geöffnet hätten, wenn es nicht solche Zwischenräume zwischen den Schlägen geben würde! Ich lag da und wartete auf diese Schläge, und dann kamen sie auch wirklich und trafen mich wie Hammerschläge direkt auf den Kopf. Päng ... päng ... päng. Diesmal ging's nicht auf den ersten Schlag. So ... jetzt ...

Ich hätte ein Aspirin nehmen und einen Schluck Wasser aus der Feldflasche nachtrinken können. Aber die Feldflasche lag ganz unten, tief unter dem Kleidersack, auf dem ich ruhte. Gestern abend hatten wir die harten Gegenstände zuunterst gelegt. Da müßte ich zuerst alles wegräumen ... eine schreckliche Anstrengung ... und dieses Hämmern in den Schläfen. Ja, es mußte die Sonne sein ... alle anderen Leute hier trugen Tropenhelme. Päng ... päng ... päng.

Übrigens, hätte es überhaupt einen Zweck gehabt? War *ich* es, die das Kopfweh hatte? Ich wußte es nicht genau, wie ich so dalag mit dumpfem Kopf und zum Gerippe des Flugzeugrumpfes aufblickte. War nicht das Kopfweh irgendwo dort draußen, irgendwo in diesen Schlägen? War es nicht vielleicht in den Tragflächen der Maschine, in dem heißen glänzenden Lackanstrich? War es nicht in dem staubigen Pier! War es

77

nicht in dem verbrannten Gras und im Wehen des Windes? Nicht in mir. »Es« hatte Kopfweh ... etwas dort draußen, die Insel vielleicht, oder etwas, das über der Insel brütete, und ich war nur darin gefangen, ein winziges Teilchen davon, ein einziger schmerzender Schlag. Päng ... päng ... päng. Es konnte nicht mehr lange dauern ... Nur soviel, um nach Dakar zu kommen ...

KONTAKT MIT DER AUSSENWELT

Die Funkstation sollte um 5 Uhr 30 die Verbindung mit Dakar wieder herstellen. Vielleicht würde bis dahin eine Nachricht für uns da sein. Ob wir sie uns auf der Station abholen wollten? Mein Mann steckte den Kopf durch die Öffnung, um mir das mitzuteilen. Natürlich würden wir zur Station hinaufgehen! Ich kletterte aus dem Gepäckraum. Wir schlossen die Luken des Flugzeugs, sprangen in das Boot und ruderten an Land.

Diesmal kletterten wir den staubigen Hügel etwas besser gelaunt als sonst hinauf. Jetzt würde bald alles abgemacht, alles in Ordnung sein: Wir würden nach Dakar fliegen. Die Funktürme, die sich auf dem höchsten Punkt des Hügels erhoben, erschienen uns wie ein Symbol unserer Hoffnung. Wir hatten Vertrauen zu ihnen, wir ließen uns von ihnen bergan ziehen, wie sich der Schiffer vom Blinklicht des Leuchtturms in den Hafen ziehen läßt. Wie sie so vor uns aufragten, schlank und kerzengerade, konnte ihnen weder der Wind, der uns zauste, noch die Sonne, die unseren Augen wehtat, etwas anhaben. Mit ihren dünnen Drähten das kleine Funkhaus überspannend, stolz auf die Bungalows und die Hütten, den Hafen, die ganze Insel hinunterblickend, schienen sie in eine andere Welt aufzuragen, in jene olympische Welt der Kraft, der Geschwindigkeit, der unbegrenzten Sicht, die auch die unsere gewesen war, und die wieder die unsere sein würde. Vielleicht durften wir schon morgen früh wieder in ihr atmen, da wir uns ja entschlossen hatten, nach Dakar zu fliegen.

Und als wir jetzt die Funkstation selbst betraten, waren wir erst recht gut gelaunt und fühlten uns wohler als sonst irgendwo auf der Insel. Nicht nur, weil uns ein guter Zweck herführte, sondern auch, weil hier eine Atmosphäre des Erfolgs, der Leistung, der Kraft herrschte. Die großen Motoren in ihren sauber abgestaubten Gehäusen strahlten uns hinter ihren Drahtgittern förmlich an. Die Funkgeräte mit ihren schimmernden Skalen, ihren Stöpseln, ihren an Haken hängenden Kopfhörern, das glatte Pult mit den leeren, zur Aufnahme eintreffender Nachrichten bereiten Körbchen, die an der Wand befestigten Zeittabellen und Stationslisten ... all dies sprach von täglicher, zweckmäßiger Benutzung. Hier waren wir vor Wind und Sonne sicher. Nur ein einziges kleines Fenster gab es, ziemlich hoch oben. Auf allen Seiten von summenden Maschinen, Wahrzeichen menschlicher Kraft, menschlichen Könnens umgeben, fühlten wir uns vollkommen abgeschnitten von der übrigen Insel, aber seltsamerweise nicht von der übrigen Welt. Warum wohl nicht? fragte ich mich. Was verband uns mit der Außenwelt? Es war nicht einfach das technische Wunder, uns jederzeit mit ihr in Verbindung setzen zu können; nicht nur die Ähnlichkeit dieses Raumes mit vielen anderen gleichartigen Räumen draußen in der lebendigen Welt. (Wir hätten ebensogut in einer großen Stadt oder auf einem Ozeandampfer, im Norden oder im Süden sein können.) Nein, es war etwas anderes ... dies hier war die lebendige Welt!

Unwillkürlich drehte ich mich um, um die andere Wand zu betrachten. Von der mausgrauen Gipsfläche herab schaute mich gleich einem runden Auge das Zifferblatt einer Uhr an. Eine ganz gewöhnliche Wanduhr war es, deren Zeiger genau auf 5 Uhr 28 zeigten. So überraschend vertraut und eben deshalb hier so fehl am Platz wirkte sie auf mich, daß ich mich zuerst einen Augenblick sammeln mußte, ehe mir zu Bewußtsein kam, daß dies die erste Wanduhr war, die wir auf der Insel gesehen hatten. Auf dieser Insel gab es also doch den Begriff Zeit, versinnbildlicht durch die gewöhnliche tickende Uhr dort oben mit ihrem weißen Zifferblatt und ihren schwarzen Zeigern.

Uns selbst war natürlich der Begriff Zeit nie ganz verloren

gegangen. Wir hatten unsere Chronometer, die wir jeden Morgen aufzogen. Die aber schienen in keinerlei Verbindung mit der Zeit auf der Insel zu stehen. Es waren Instrumente, die wir zufällig aus einer fremden Welt mitgebracht hatten, Muscheln vom Meeresgrund, in denen der Rhythmus eines anderen Lebens noch leise widerklang. Und wenn wir diese Zeitmesser sorgsam aus ihren Gehäusen nahmen, als wären es kostbare Juwelen, wenn wir sie aufzogen, die genaue Zeit ablasen und sie wieder versorgten, so waren sie in gewisser Hinsicht etwas Wertvolles, aber Sinnloses, bloße Erinnerungen an Geschehnisse in der Welt dort draußen. Uns war dann zumute wie heimwehkranken Auswanderern, die in alten, ihnen nachgesandten Zeitungen vom Wetter lesen, das vor langer Zeit in der Heimat geherrscht hat: »8. Juli. Bewölkt, leichte Niederschläge, gegen Abend Aufheiterung.« Wir schauten auf die Zeiger wie auf etwas Fremdes und dachten: »In Greenwich ist es jetzt 8 Uhr abends.« In Greenwich, gut, schön, aber hier ... jetzt? Es war schwer zu sagen, wie spät es auf der Insel war. Man lebte im Rhythmus des Windes, des Hungers, der Sonne, des Schlafes, der Nacht. Wie lange waren wir schon hier? Konnte das in Wochen, Tagen, Stunden gemessen werden? Ich wußte es nicht.

Augenblicklich aber gab es dieses »Jetzt«; ich konnte ihm einen Namen geben, wenn ich auf das runde Auge dort an der Wand blickte. (Der Minutenzeiger war unmerklich wie ein Insekt zum nächsten Strichelchen gehüpft.) So, jetzt war es 5 Uhr 29. Es war 5 Uhr 29 in jener für uns unsichtbaren Station in Dakar. Und es war ganz genau so und soviel Uhr in Natal jenseits des Atlantischen Ozeans, in Las Palmas, das nun hinter uns lag, in Julianehaab an der äußersten Spitze von Grönland, in Paris, in London, in New York. Es war nicht die gleiche Zeit an all diesen Orten, aber überall eine Zeit, die eine ganz bestimmte, auf die Sekunde genau feststellbare Beziehung zu den anderen Zeiten hatte.

War also dies das Band, das die Station hier mit der übrigen

Welt verknüpfte? Die Zeittabellen, der Kalender, die Uhr? Und hielt dieses schwache Band die ganze Welt zusammen, Ort für Ort? Eine Rettungsleine, hier und dort künstlich emporgezogen, an anderen Orten wiederum unter die Oberfläche des Wassers hinabgesunken, eine Rettungsleine, an der man sich in wechselnder Flut festhalten konnte. Solange man sich an sie anklammerte, konnte einem nichts geschehen. Wenn man sie aber einen Augenblick lang losließ ... was dann? Welche Strömungen, welche Wirbel zogen den Unvorsichtigen in die Tiefe? Dann mußte man wohl ertrinken, würde für ewig auf dem Meeresgrund hin- und hergeschleudert. Auf ewig verloren war man dann in einer fremden Welt, in der phantastisch geformte Wasserpflanzen lautlos über unsichtbare Korallenriffe wehten.

Was für ein böser Traum ... Was für ein Abgrund, in den man da blickte ... doch nein, noch hielten wir das schützende Seil fest in den Händen. Dort war die Uhr. Das Auge an der Wand blinzelte aufs neue ... es war 5 Uhr 30. Die festgesetzte Zeit. Der kleine Mann im Hintergrund des Raumes – blaß, ruhig, tüchtig – hielt gleichfalls seine Hand an der Rettungsleine, ja, auch er. Die Kopfhörer umgehängt, die Finger auf den Schaltern, blickte er auf die Uhr, für ihn das Fenster, das in die Welt hinausführte.

Er sah uns nicht an. Er war sich unserer Gegenwart gar nicht bewußt; schon war er weit, weit weg. Blitzschnelle Drehungen des Schalters. Das tiefe Summen der Dynamomaschine, das Klappern der Taste, dann ... Stille. Er lauschte; er griff nach einem Bleistift. Er hatte also die Verbindung ... er hatte Dakar! Seine Fingerspitzen waren in Verbindung mit Dakar. Lebendiger Beweis dafür, daß ein Band die Welt umschlingt. Ton, Geist, Seele überwinden den Raum, blitzen durch Wasser und Wind, unaufhaltsam, unbesiegbar, wie das Licht durch die Finsternis. Aber auch wir konnten den Raum überwinden. Auch für uns war Wasser und Wind kein Hindernis. Auch wir konnten mit unserem Flugzeug Dakar erreichen, fast so rasch, fast so leicht wie der Mann dort. In ein paar Stunden konnten wir dort sein, vielleicht morgen schon ...

Jetzt kam die Nachricht, tröpfelte in die Kopfhörer, tröpfelte in Worten auf das Telegrammformular. Wir stürzten hin, um mitzulesen.

Zuerst die üblichen Vorbemerkungen: »Aufgabeort: *Dakar* – Aufgabetag – Zeit – Empfänger: *Lindbergh* – CRKK, *Porto Praia* – Anzahl der gefunkten Worte.« Dann langsam, in der gleichen leblosen, wie in Trance zu Papier gebrachten Schrift die entscheidenden Worte. Ich blickte dem Mann über die Schulter, nahm vor allem die wichtigsten Worte in mich auf: »... *Telegramm erhalten ... teilen mit ... höchste Gefahr ... Gelbes Fieber ... Quarantäne ... stehen jedenfalls zu Diensten* ...«

Der Funker riß das Formular mit einem Ruck ab und legte es in ein Körbchen. Sein unbewegliches Gesicht blieb auch jetzt ohne Ausdruck. Blaß, unbeteiligt und tüchtig wandte er sich wieder seinem Gerät zu, rückte seine Kopfhörer zurecht und fuhr fort, auf die Tasten zu klopfen.

»Können Sie denn nicht lesen, Mensch?« hätte ich ihm am liebsten ins Gesicht geschrien; begreifen Sie denn nicht, was das für uns bedeutet ... Wie können Sie nur weiterarbeiten, als ob nichts geschehen wäre?

Mein Mann nahm die Nachricht und las sie ein zweites Mal, stumm, mit emporgezogenen Augenbrauen, mit einem resignierten Lächeln.

Mein Blick fiel auf den »Chef«. Plötzlich zuckte Schrecken in seinem Gesicht auf ... gleich einer Kerzenflamme, die hell flackernd zu doppelter Höhe emporschießt. »Das Gelbe Fieber!« stieß er hervor, sich jäh zu meinem Mann vorbeugend. Nur noch die Augen sah man in seinem Gesicht, glühend und dunkel vor angstvoller Erregung. »Das Gelbe Fieber! Da ... fliegen Sie doch nicht hin?«

»Hm«, zögerte mein Mann, »vermutlich nicht ... werden ja sehen ... muß es mir überlegen ...«

Wir wandten uns zur Tür. Das Auge an der Wand blinzelte spöttisch auf uns herab. Der Funker tippte unbewegt weiter. Langsam gingen wir an den seelenlosen Maschinen vorbei hinaus ... in den Wind.

GELBES FIEBER?

Wir gingen zum Bungalow des »Chefs« zurück. Ich setzte mich in den breiten Korbsessel, der im Hintergrund des Zimmers stand. Die junge Frau kam mit der Teekanne herein. Jetzt hätte ich eigentlich versuchen sollen, mich aufzuraffen, hätte mich aus dem Sessel erheben sollen, von dem flachgedrückten Kissen. Aber ich stand nicht auf; immer tiefer glitt ich in den Sessel, ganz benommen, unfähig, einen Entschluß zu fassen. Mein Mann und der »Chef« saßen matt und erschöpft am Tisch. Die eintretende junge Frau blickte uns forschend ins Gesicht.

»Gelbes Fieber!« rief der »Chef« und sprang lebhafter, als es seine Art war, auf. »In Dakar ist das Gelbe Fieber«, teilte er seiner Frau mit.

»Ach!« stieß sie hervor; ihr Gesicht verzerrte sich vor Entsetzen zu einer jener typisch südländischen Grimassen, die das Antlitz eines Menschen so völlig verändern, daß es den Betrachter kalt überlaufen kann; eine solcherart verzerrte Miene vermag deutlicher, als Worte es könnten, alle Schrekken auszudrücken, die einer erlebt haben muß, um einen so jähen Wechsel des Ausdrucks hervorzubringen.

Die junge Frau stellte das Teegeschirr hin, und wir rückten näher an den Tisch.

»Ja ... das Gelbe Fieber«, fuhr der »Chef« fort, »sie können nicht hin ...« Er warf zwei Stück Zucker in seine Tasse.

Charles nickte zerstreut.

»Mais non«, beschwor ihn der »Chef«, »Sie dürfen nicht hinfliegen ...«

Mein Mann schwieg noch immer, ohne recht hinzuhören.

»Sie wissen doch«, drang der »Chef« weiter in ihn, »daß

das Gelbe Fieber die Weißen viel heftiger angreift als die Farbigen.«

»Wirklich?« Beeindruckt von der Eindringlichkeit seines Blickes, lehnte ich mich unwillkürlich vor.

»Ja, ja, die Weißen ... die sind gleich erledigt.« Seine Mundwinkel senkten sich in zynischer Resignation. »Man bricht Blut und ...«, er schnippte mit dem Finger, »c'est fini!«

»Schrecklich!« flüsterte ich, ihm ins Gesicht starrend. Ich hielt es nicht für notwendig, seine letzten Worte meinem Mann zu übersetzen. Von Zeit zu Zeit blickte der »Chef« seine Frau an, als warte er auf ihre Bestätigung seiner Worte. In ihrem gelblich-blassen Gesicht, um die Mundwinkel, in den angstvoll emporgezogenen Brauen war noch der Widerschein des früheren entsetzten Ausdrucks zu sehen. Schweigend sah sie ihren Mann an.

»Sie hat es gehabt, das Gelbe Fieber«, erklärte der »Chef«, mit einer Kopfbewegung auf seine Frau weisend; »sie blieb am Leben, aber drei ihrer Schwestern und ein Bruder starben kurz nacheinander daran.«

Die Frau nickte unmerklich und fuhr fort, ihren Tee umzurühren.

Wenn die Krankheit in ihrer Familie so schwer gewütet hat, ist sie wahrscheinlich eine Weiße, dachte ich und warf einen raschen Blick auf das weiche Gesicht.

»Sie ist Italienerin«, erklärte der »Chef«, der offenbar meine Gedanken erraten hatte, »aber hier auf den Inseln geboren.«

Die junge Frau schaute gar nicht auf.

»Auch ich«, sagte der »Chef« und räusperte sich, »bin ein halber Europäer, wenn ich auch als Farbiger gelte. Für uns ›Schwarze‹ ist es nicht so gefährlich ... das Fieber. Für Sie aber und Ihren Mann ...« Wieder räusperte er sich und führte seine Teetasse zum Mund.

Mein Mann stand auf und ging hinaus. Jetzt, dachte ich,

muß ich endlich aus diesem Korbsessel aufstehen ... aber ich blieb sitzen.

Nach einer Weile fand ich doch die Energie, mich zu erheben. Ich trat vor das Haus und setzte mich mit der jungen Frau auf die Stufen der Veranda. Schweigend blickten wir beide auf das unendliche Meer hinaus. Es wurde ziemlich rasch dunkel; das Land lag schon in verschwommene Schatten gehüllt da. Nur die Wogenkämme bewahrten noch das grünliche Leuchten der untergegangenen Sonne, unwirklich und kalt wie das Licht unter der Oberfläche des Meeres. Der Wind wehte an diesem Abend schwächer, schien mir, als wollte er uns wegen unseres unfreiwilligen Aufenthaltes auf der Insel trösten. Er war wohl noch da, als ein regelmäßiges, monotones Klagen, aber seine Stimme war gedämpft, so als ob ein Schiff, das Wasser in zwei Bugwellen teilend, durch die Wogen glitt.

Als uns nun plötzlich Dunkelheit überfiel und nur noch die äußersten Wellenkämme ein allerletztes Leuchten zeigten, war es mir, als seien auch wir auf einem Schiff, das in ein grenzenloses, einsames Meer hinausfuhr. Ganz allein standen wir auf dem Bug des Schiffes, die junge Frau und ich, und wurden rasch einem unbekannten Ziel entgegengetrieben. Nur unablässige Bewegung konnte diesen sanft, doch ohne Unterlaß wehenden Wind hervorrufen, nur Geschwindigkeit diese dauernde Unruhe erzeugen. Nun waren selbst die Wogenkämme erloschen. Nichts gab es mehr als unsere beiden zusammengekauerten Gestalten; das Gefühl, festen Boden unter den Füßen zu haben, war mir völlig entschwunden. Nicht länger mehr mit dem Lande verwurzelt, fühlte ich das leise Schwanken eines Schiffes unter mir. Wie konnte ich mich nur so hoffnungslos weit von der Wirklichkeit entfernt haben? Gleichsam hilfesuchend blickte ich auf die junge Frau neben mir. Was mochte sie fühlen, wie sie so mit leeren Augen in die undurchdringliche Dunkelheit starrte?

Leise aufseufzend barg sie ihre nackten Knie unter dem leichten Rock und zog sie dicht an den mageren Leib ...

Nach dem Abendessen brachen Charles und ich todmüde zu unserem Flugzeug auf. Heute wurde gar nicht darüber gesprochen, wo wir schlafen sollten. Als wäre es selbstverständlich, gingen wir schweigend den Hügel hinunter. Seit wir den Funkspruch erhalten hatten, waren wir noch nicht allein gewesen. Aber ich stellte die Frage, die uns beide bewegte: »Und jetzt ... was fangen wir jetzt an?« gar nicht erst. Schon als Kind erfährt man, daß es zwecklos ist, gewisse japanische Schachteln, die man zu Weihnachten geschenkt bekommen hat, zu öffnen. Es waren eben Schachteln, sonst nichts ... und innen waren sie leer. So sprachen wir auch jetzt gar nicht über den Funkspruch miteinander, sondern legten uns rasch schlafen.

Die Nacht war genau wie die vorige; in den Schlafsäcken war es zu heiß, ohne sie zu kalt. Wir schliefen schlecht. Ich hatte schwere Träume ... alle jene schweren Träume, die man als Kind hat, wenn man zu warm zugedeckt ist. Während der ganzen Nacht stolperten sie einer hinter dem andern her.

Und dann schließlich kam der »Flucht«-Traum. Du läufst; man jagt hinter dir her. Aber blick dich nur ja nicht um! Jetzt rasch in ein leeres Haus ... doch schon klopft man an das Tor. Die Treppe hinaufgesprungen wie eine Katze ... aber auf den Stufen hinter dir hörst du schon Schritte. Auf den Estrich ... endlich geborgen ... doch nein, die Verfolger kommen immer näher. Schnell ... da ist ja die Dachluke. Hast du vergessen, daß du fliegen kannst? Nur keine Angst ... mit dem Kopf durch das Glas! Breite die Arme aus ... fliege, fliege! Wenn du erst einmal schwebst, geht es ganz leicht. Die ersten Bewegungen in der Luft sind die schwersten ... doch jetzt ... Hände drücken die Klinke nieder. O Gott, jetzt nur hinaus ... hinauf ... immer höher, daß niemand dich erreichen und noch an den Füßen herabziehen kann!

DIE LEERE SCHACHTEL

Wieder begann ein Tag wie die anderen; er würde sich vom gestrigen nicht unterscheiden. Nur, daß wir heute nichts zu erwarten hatten, keine Nachricht aus Dakar. Wir mußten einen neuen Entschluß fassen, einen neuen Ausweg finden.

»Ich glaube, ich werde nach Bathurst funken und um Erlaubnis ansuchen, dort landen zu dürfen«, sagte Charles entschlossen.

»Wo liegt Bathurst?« fragte ich.

»In Britisch-Gambia ... an der afrikanischen Küste ... nahe bei Dakar ...«

»Ist es von dort weiter nach Südamerika als von Dakar?«

»Nein, es ist sogar ein paar Kilometer näher.«

»Und ein ebenso guter Startplatz?« erkundigte ich mich zweifelnd.

»So ungefähr ... es ist kein transatlantischer Flugstützpunkt, aber ein ziemlich bedeutender Ort mit einem großen Hafen. Wenn es sein muß, können wir von dort aus einen Nachtflug nach Südamerika machen, falls der Mond scheint. Laß mich mal nachdenken ... o ja, wir können mit Mondschein rechnen, wenn wir noch diese Woche losfliegen.« (Er sprang auf die Schwimmer des Flugzeugs.) »Ich werde die Nachricht gleich durchgeben ... vielleicht kommt die Antwort noch heute.«

»Ja, das wird wohl das beste sein«, nickte ich, allerdings nicht sehr hoffnungsfreudig. Wenn in Dakar das Gelbe Fieber wütete, warum sollte es dann nicht auch im näheren Bathurst sein?

Wenigstens hatten wir jetzt wieder etwas, auf das wir warten konnten. Wir hatten einen Haken, um die langen, leeren

Stunden daranzuhängen.»Vielleicht kommt die Antwort noch heute.« Mittlerweile dehnte sich der Tag vor uns aus wie eine endlose Landstraße. Wir kannten schon jede einzelne Stelle, an der sie uns vorbeiführte, und hatten nur den einen Wunsch, so rasch wie möglich vorüber zu sein. Der Tag war eine leere Schachtel, die wir mit irgend etwas, mochte es auch noch so belanglos sein, füllen mußten, um nicht unausgesetzt an ihre Leere gemahnt zu werden.

Immer gab es gewisse regelmäßig wiederkehrende Pflichten, die erfüllt werden mußten, damit die Maschine flugtauglich blieb. Nach dem Frühstück begannen wir mit dieser uns so gewohnten Tätigkeit und beschäftigten uns den ganzen langen Vormittag damit, bis wir gegen Mittag endlich den Weg zum Bungalow hinauf machten, um zu essen.

Zuerst hieß es, die Schwimmer trocken zu pumpen. Wenn das Flugzeug vor Anker lag, drang stets etwas Wasser ein, und wenn dieses nicht regelmäßig entfernt wurde, so war das Flugzeug gleich um viele Kilo schwerer. Charles nahm die Bodenpumpe zur Hand. Ich schraubte alle Schwimmerdeckel auf und legte sie sorgsam beiseite, damit sie nicht ins Wasser gestoßen würden. Dann ließ er den Schlauch bis in die unterste Ecke jeder einzelnen Abteilung hinunter. Auf dem Schwimmer stehend, hielt ich den Schlauch fest, während mein Mann pumpte, bis der letzte Tropfen aufgesaugt war; dann schraubte er den Deckel wieder fest.

Nun mußten die verschiedenen Metallteile und Drähte, die dem aufsprühenden Salzwasser ausgesetzt gewesen waren, geölt werden. Charles trug das dicke gelbe Fett überall dort auf, wo das Aluminium, wie der feine weiße Belag zeigte, angefressen war. Auch den Propeller rieb er dort, wo er bei unserer Landung naß geworden war, mit Öl ab. Ebenso mußten die Scharniere der Seitenruder, das Steuer, das Höhenruder geschmiert werden, damit die mattbraunen Rostflecken, die den Stahl allmählich angreifen, verschwanden.

Auch die Außenflächen des Flugzeugs brauchten Pflege.

Die Wirkung der ununterbrochen herniederbrennenden Sonne zeigte sich bereits. Die Tragflächen waren so glühend heiß, daß man sie kaum berühren konnte. Ihr Anstrich, der einst wie eine helle Flamme geleuchtet hatte, hatte allmählich ein stumpfes Orange angenommen. Er sah aus wie die Lakkierung eines alten Autos, das in der Wüste zu lange der Sonne und den trockenen Winden ausgesetzt gewesen ist. Überall wies der Anstrich schon Risse auf, wie die ersten Runzeln im Gesicht einer Frau.

In den Tropen zu fliegen ist ununterbrochener Kampf, dachte ich, als ich sah, wie mein Mann am Nachmittag wieder die Ränder der Tragfläche mit einem Pinsel bearbeitete. Die Hitze, das Salzwasser, der Temperaturwechsel, all dies hinterließ Spuren der Zerstörung auf dem Flugzeug.

Nicht nur auf dem Flugzeug, fand ich, als mir der durchdringende Geruch des Lacks in die Nase stieg, der mich seltsamerweise an Silberschuhe erinnerte, die ich mir einmal für die Tanzschule selbst neugelackt hatte; auch ich selbst wies diese Spuren auf. Da war der Staub in meinem Haar, die eingerissenen Fingernägel, die aufgesprungenen Lippen und ein Gefühl des Ausgetrocknetseins am ganzen Körper. Unbestimmte Angst erfüllte mich, daß auch wir zugrunde gingen, wenn wir noch länger hier blieben. Wie alles übrige würde der Staub auch uns verwehen und der Rost uns anfressen...

Ein Teil des Nachmittags war vergangen, die Arbeit am Flugzeug beinahe beendet. Mein Mann stand in einem Ruderboot, eine Büchse orangefarbenen Lacks in der Hand, und strich über die letzten beschädigten Stellen. Ich kletterte auf meinen Sitz im Flugzeug und nahm all meine Kräfte zusammen. Ich machte Ordnung im Gepäckraum, trug die Ereignisse in meinem Tagebuch nach und schrieb meine Funkaufzeichnungen ins reine. Es war noch immer nicht Abend geworden. Alle diese verschiedenen, sich stetig wiederholenden Tätigkeiten, eine nach der anderen aufgefädelt an der aus der glühenden Sonne, dem Staub, dem klagenden Wind gefertigten Schnur, hatten nicht genügt, um einen Tag auszufüllen. Die Schachtel war erst halbvoll. Jetzt gab es nichts anderes mehr zu tun als das, vor dem wir den ganzen Tag über davongelaufen waren: nur noch sich hinzulegen und zu warten.

Als ich matt und müde meine Jacke als Kissen unter den Kopf gerollt hatte, fühlte ich, daß das Wesen des Wartens immer das gleiche war, wo man sich auch befinden mochte, auf einem Flugfeld oder im Wartezimmer eines Arztes, in einer Telephonkabine oder in einem Garten. Ja, selbst wenn man im Gepäckraum eines Flugzeugs lag wie ich jetzt und zu der gerippten Wölbung hinaufblickte. Immer war es dasselbe, dieses abgebrochene, abgesonderte Stück Zeit, das gleichsam mitten in der Luft hing. Auf die Ankunft eines Flugzeugs, auf das Öffnen einer Tür warten, auf das Läuten einer Glocke, auf den Stundenschlag einer Uhr, auf eine Nachricht aus Bathurst. Unfähig, seine Aufmerksamkeit auf etwas anderes zu konzentrieren, unfähig, Ruhe zu finden.

Und doch, spürte ich, kann man in solchen Stunden angespannter Erwartung so müde werden, daß man nur noch an *eine* Sache, an etwas ganz Bestimmtes zu denken vermag, an das zerbeulte Blech eines leeren Benzinkanisters, an das absonderliche Inserat im Anzeigenteil einer Zeitung, an Telephonnummern, die irgendwelche Leute an die Wand gekritzelt haben: »Zentrum 1372–1372«, an einen Käfer, der langsam und beharrlich über lange Grashalme kriecht, an die wirr durcheinanderlaufenden Röhren und Drähte hinter dem Armaturenbrett. So müde ist man dann, daß diese unwichtigen, banalen Dinge einem zum Ruhepunkt für die Gedanken, zum Rettungsanker werden können. Verzweifelt klammern wir uns daran, in der Hoffnung, diese dünnen Halme könnten unser Gewicht tragen, das Gewicht eines ganzen Lebens. Das können sie freilich nicht; nur das Eine, auf das wir warten, vermag das: das Surren des herannahenden Flugzeugs, die Tür, die sich öffnet, die Glocke, die läutet, die Stunde, die schlägt, die Nachricht aus Bathurst...

Ja, hier lag ich wieder und wartete, wie wir in der Reparaturwerkstatt auf die Schäkel gewartet hatten, wie ich auf die Rückkehr meines Mannes gewartet hatte, als er zum offenen Meer hinausgerudert war, als wir auf einen günstigeren Wind oder auf Nachricht aus Dakar hofften. Die ganze Zeit auf dieser Insel war ein einziges Warten gewesen; dieses innere Angespanntsein hatte hinter allem, was wir getan, was wir gefühlt hatten, gelauert. Es war die Woge gewesen, die stieg und stieg und niemals brach, der tiefe, endlose Atemzug ... der Wind.

Warten war stets etwas Schwebendes, man trieb dahin, war vom Leben getrennt, irgendwo in jenem langgezogenen Seufzer dort oben, ungreifbar wie der Wind. Wenn man es nur zu sich herabziehen, festhalten, in das Erdreich des Lebens pflanzen könnte ...

Natürlich hat man das oft versucht, immer dann, wenn man etwas plante, um sich die Zeit zu vertreiben, die leere Schachtel zu füllen, so wie wir es uns heute vorgenommen hatten. Man konnte leugnen, daß es ein Warten gab, konnte seinen Blick abwenden. Dann wurde es zu einem leeren Raum, zu vergeudeter Zeit, zu etwas Negativem, nicht Vorhandenem. Aber auch das war nicht die Antwort auf die Frage; sicherlich gehörte auch das Warten zum wirklichen Leben.

Zuweilen hatte ich während des Wartens versucht, intensiver in den kleinen Dingen zu leben, die mit mir eingekerkert waren: in staubigen Heidelbeerbüschen am Wegrand, ewig in ihrem stillen Dasein; in Körnchen pickenden Spatzen, die auf einmal eine neue, seltsame Bedeutung gewannen; in glitzernden Tautropfen auf einer Wiese, die funkelnd immer größer und größer wurden. Oft aber gab es keine Spatzen, keine Tautropfen, nur an Wände gekritzelte Telephonnummern, nur Radspeichen, nur Benzinleitungen und Drähte.

Nein, das Warten konnte nur auf eine Art mit dem Leben verknüpft werden, indem man es freudig hinnahm, es um seiner selbst willen wert hielt. Warten, wie der Bauer, nachdem er gesät hat, wissend, daß nun alles von Kräften abhängt, auf die er keinen Einfluß nehmen konnte, und der dennoch Vertrauen in den langsamen, unaufhaltsamen Vorgang des Wachsens hat.

Warten, wie Frauen auf die Geburt ihres Kindes warten, glücklich in dem Wissen, daß jede Sekunde dieser Zeit ihre Bedeutung und ihren Zweck hat und hingenommen werden muß. So ein Warten trug wahrhaft Früchte.

Wie konnte ich dem jetzigen Warten ähnliche Bedeutung verleihen? Welche Beziehung konnte es zu meinem Leben haben, jetzt hier auf dem Rücken zu liegen, zu dem Gerippe des Flugzeugrumpfes, zu den ineinander verschlungenen Röhren und Drähten hinaufzustarren? Wenn man in die Zukunft sehen könnte wie der Bauer; wenn man mit seinen Blicken den Raum durchdringen könnte, würde man dann am Ende auch diese Zeit des Wartens als etwas Unvermeidliches und Notwendiges hinnehmen? Würde man erkennen, daß in diesem vermeintlichen Nichts etwas wuchs, daß sogar jetzt, in dieser Stunde scheinbaren Nichtstuns, vielerlei notwendige Dinge sich mit der denkbar größten Geschwindigkeit ereigneten, auf uns zuströmten? Daß jenes, was nun in Bathurst geschah, in Telegraphenbüros, an Beamtenschreibtischen, in den Straßen, im Sanitätsdepartement ... lauter kleine, einzelne Vorgänge, sich wie Steinchen zusammenfügten, um den ihnen bestimmten Platz einzunehmen im Mosaik unseres Lebens? Vielleicht reifte auch für uns etwas heran, gerade jetzt ...

ERSTARRTE GESICHTER

Gegen Abend gingen wir den Weg zum Bungalow hinauf. Als wir einen Augenblick stehen blieben, um Atem zu schöpfen, sahen wir einen Mann von der Funkstation auf uns zueilen... es war der »Chef«. In der Hand hielt er einen im Wind flatternden gelben Papierbogen. Die Funkantwort, dachten wir beide gleichzeitig; so unverwandt waren unsere Blicke auf das gelbe Papier gerichtet, als könnten wir auf diese Weise seinen Inhalt enträtseln. Den »Chef« sahen wir kaum an. Das flatternde Papierstückchen erschien uns in diesem Augenblick als das lebendigste Wesen weit und breit, lebendig wie eine züngelnde Flamme.

»Monsieur... für Sie... aus Bathurst...« Der »Chef« hustete und rang heftig nach Atem. Mein Mann nahm das Formular, ohne aufzublicken, entgegen; ganz starr vor Erwartung lasen wir zusammen die Worte, die der blasse Funker in seiner gleichmäßigen Schrift mit Bleistift niedergeschrieben hatte: »... *Bewilligen gerne Landung Bathurst – bitte mitteilen Ankunftszeit...*«

Das war alles – so einfach war das also – »bitte mitteilen Ankunftszeit« – wie etwas ganz Alltägliches! Warum machten wir uns überhaupt Sorgen? Wohin war der böse Traum, der noch vor einer Stunde auf uns gelastet hatte, nun entschwunden? Er war in nichts zerronnen wie die Dunkelheit der vergangenen Nacht. Ja, es war wirklich wie ein Erwachen aus bösen Träumen... die gleiche Erleichterung, der gleiche Friede, die Zentnerlast, die von einem abfällt. Nur ein Traum ... die Verfolger erwischen einen nicht... man kommt also doch mit dem Leben davon... nur ein Traum...

Es war, als höre man nach langer Taubheit zum ersten Male

wieder Musik; als habe man hinter einem geschlossenen Fenster eine vorbeimarschierende Militärkapelle nur gesehen, den sich sinnlos hin- und herbewegenden Taktstock, die stumm niedersausenden Trommelschlegel, die in Reih und Glied marschierenden, einem unhörbaren Takt folgenden Beine. Dann plötzlich wird das Fenster geöffnet, jäh strömen die Töne in den Raum, und alle diese stummen Bewegungen gewinnen mit einem Mal Sinn und Bedeutung. Die ganze Zeit über hatte die Musik dort draußen schon gespielt, nur hatten wir sie nicht gehört. Jetzt, da das Fenster offen ist, hat sie Besitz von uns ergriffen, unsre Füße bewegen sich nach ihrem Takt, ihr Rhythmus pulsiert in unserem ganzen Körper.

Ich fühlte, daß das Leben wieder durch unsere Adern strömte wie frisches Blut. Wir nahmen aufs neue am Leben teil.

Ein Glücksgefühl stieg in mir auf; ich war nicht mehr allein, nicht mehr ausgeschlossen. »Bewilligen gerne ...« Wahrhaftig, dachte ich und freute mich dabei wie ein Kind, es klingt geradezu, als ob sie uns gerne dort hätten. Mir war zumute wie einem jungen schüchternen Mädchen, das ganz allein und ängstlich in eine fremde Gesellschaft kommt; auf einmal löst sich eine wunderschöne Frau aus jenem weltgewandten, selbstsicheren Kreis, kommt auf sie zu, küßt sie auf die Wange und sagt: »Wie reizend, daß Sie gekommen sind, Liebste...« Ist es möglich, denkt das Mädchen verwirrt und glücklich, daß man mich gerne hier sieht, daß man sich über mich freut!

»Bewilligen gerne Landung Bathurst«, las Charles nochmals laut vor und lächelte froh. »Na, dann ist ja alles in Ordnung.« Er faltete das Formular zusammen und steckte es ganz einfach in die Tasche. Das Problem war gelöst, lag hinter uns. Unnötig, sich darüber noch länger Sorgen zu machen. Er hatte die Nachricht in die Tasche gesteckt und wahrscheinlich schon vergessen. Jetzt gab es andere Dinge zu bedenken. Wie war der Abflug zu bewerkstelligen? Morgens früh, wenn der

Wind am schwächsten wehte? Und wo, draußen vor der felsigen Landspitze? Die See war dort ziemlich stürmisch; immerhin, mit einer leichten Ladung ging es vielleicht, bei Nacht beruhigte sich das Meer immer etwas, aber besser war es wohl am frühen Morgen ...

»Wird's gehen?« fragte ich und folgte mit den Blicken dem kostbaren Stückchen Papier, das so mir nichts, dir nichts in Charles' Tasche verschwand. Seine Gedanken beschäftigten sich schon mit dem nächsten Problem, das merkte ich wohl.

»O ja«, antwortete er. Seine Stimme klang bestimmt und hoffnungsfroh, aber er dachte sicher an die hohen Wogen draußen im offenen Meer. »Ich denke, mit einer leichten Ladung an Bord kommen wir hoch.«

In Gedanken versunken stiegen wir die Stufen zum Bungalow auf. Still ging der »Chef« hinter uns her. Ich war noch ganz benommen, »sie wollen uns gerne dort haben ... sie freuen sich auf uns!«

Mein Mann setzte sich an den Tisch, ohne ihn oder das zerschlissene Tischtuch, den einsamen Zahnstocherbehälter, die Flaschen auf dem Anrichteschrank und den Korbsessel zu sehen. Das Zimmer war für ihn verschwunden. Er war schon weit jenseits der hochgehenden See am Hafenausgang. Er war in Bathurst. Treibstoff bekommen wir dort, soviel wir wollen, überlegte er, aber die dreihundertzwanzig Kilometer mehr ... können wir das bei Tag schaffen? Sollten wir den Benzinverbrauch drosseln ... bei Nacht fliegen? Hm, ein schwieriger Nachtstart? Halt, wir haben ja den Mond ... wenn alles gut geht, wird er bei unserem Abflug von Bathurst beinahe voll sein ...

Der »Chef« und seine junge Frau standen in der Tür und sprachen leise miteinander. Ich beobachtete Charles, versuchte zu ergründen, was in seinem Kopf vorging. Schließlich gesellte sich der »Chef« zu uns und rückte sich einen Stuhl zum Tisch.

»Sie verlassen uns?« fragte er still. Seine Worte, so leise sie auch klangen, zerrissen jäh die Stille. »Verlassen ...?« wiederholte Charles, aus seinen Gedanken aufgeschreckt. »Ja, gewiß müssen wir weiter ... wahrscheinlich starten wir morgen früh, wenn wir hochkommen.«

Zum erstenmal an diesem Abend sah ich unseren Gastgeber und seine Frau an und war seltsamerweise beinahe erschrocken darüber, daß der Ausdruck ihrer Gesichter sich nicht verändert hatte. Und doch war das ja nur selbstverständlich. Sie waren die gleichen geblieben; für sie gab es kein Erwachen aus bösen Träumen, keine schmetternde Musik nach langer Stille. Unbewegt saßen sie uns auf ihren Stühlen gegenüber. Eine bedrückende Stille war um sie; eine Stille, wie ich sie nur noch beim Warten in einem Zug verspürt habe, der auf einem kleinen Bahnhof hält. Ein zweiter Zug saust vorüber. Der Lärm der ratternden Wagen, der Luftzug, die kaleidoskopisch vorbeiziehenden Gesichter und Fenster, Licht wechselt mit Dunkelheit, gibt einem die Illusion, daß man sich gleichfalls bewegt. Dann ist der Zug mit einem letzten Rattern, einem letzten Windstoß entschwunden. Plötzlich sieht man nur noch das gleiche Bild wie früher vor sich; die leeren Schienen, die Telegraphenstangen, die Böschung, den Zaun.

So still war auch die Landschaft der Gesichter mir gegenüber. Ganz ohne Bewegung waren diese Gesichter; nur ein leerer, geduldiger Blick ruhte auf dem, der gerade sprach.

Mein Mann dachte seine Gedanken laut zu Ende. »Am frühen Morgen ist die See am ruhigsten, nicht wahr?« Er warf einen Blick auf die reglosen Gesichter vor sich. »Legt sich der Wind nicht nachts ein wenig?«

»O ja, Monsieur, ein wenig.« (Ich mußte an einen alten Karren denken, der sich langsam, mit einem schwerfälligen Ruck wieder in Bewegung setzt.) Der »Chef« befaßte sich ernsthaft mit der Frage meines Mannes. »Ja, der Wind läßt bei Nacht etwas nach, auch das Meer ist ruhiger. Am besten ist es am Morgen.«

Schweigend aßen wir weiter. Nachdem die Teller abgeräumt waren, räusperte sich der »Chef«, wie um Entschuldigung dafür bittend, daß er das Thema änderte.

»Monsieur«, hob er an, »würden Sie einem entsprechenden Unternehmen einen Brief von mir übergeben ... Vielleicht braucht man einen Funker, wenn eine Fluglinie über die Kapverdischen Inseln eingerichtet wird.«

»Sie möchten Ihre Stellung wechseln?« fragte Charles.

»Jawohl«, antwortete der »Chef«, sich eine lange Haarsträhne aus der Stirn streichend, »ich suche einen neuen Posten. Die Gesellschaft hier«, er hob die Augenbrauen, »hat ein doppeltes Lohnsystem: eins für Franzosen, ein anderes für Eingeborene ... ich verdiene zu wenig ...«

Er wurde von Husten unterbrochen.

»Eine Stelle in einer Regierungsstation oder auf einem Schiff kann ich nicht bekommen, weil meine Vorbildung dazu nicht genügt. Man muß entsprechend ausgebildet sein, um einen Regierungsposten zu bekommen.« Er stand auf und holte aus der Anrichte seine Medizinflasche. »Außerdem bin ich zu alt ...«

»Wie alt sind Sie denn?« erkundigte sich mein Mann.

»Siebenundzwanzig«, antwortete er, während er die Medizin in ein Glas Wasser schüttete.

»Wie alt ist Ihre Frau?« warf ich ein. Ich konnte ihr Alter nicht abschätzen. Manchmal schien es mir, als sei sie schon lange auf der Welt; dann wieder kam sie mir wie ein Kind vor.

»Sie ist sechzehn. Und da ich verheiratet bin, komme ich mit meinem Gehalt nicht aus. Wenn ich eine Stelle bei einer amerikanischen Gesellschaft bekäme ...« Er trank das Glas mit einem Schluck leer.

»Ich nehme Ihren Brief gerne mit«, sagte Charles, »aber ich zweifle daran, daß sich hier ein amerikanisches Unternehmen niederlassen wird.«

»Gewiß, gewiß, Monsieur, das begreife ich, aber ich habe so wenig Gelegenheit. Ich sehe selten jemand. Wenn Sie so freundlich sein wollen ...«

Er nahm einige liniierte Papierbogen und eine Flasche violette Tinte aus einer Schublade der Anrichte und begann zu schreiben.

Mein Mann machte sich auf die Suche nach dem Mechaniker, um die nötigen Vorbereitungen für den Start am nächsten Morgen zu treffen. Einige Minuten später schob der »Chef« seinen Stuhl zurück, faltete den Briefbogen zusammen, steckte ihn ohne Umschlag in seine Brusttasche und eilte hinaus.

Ich blieb mit der jungen Frau allein. Sie nahm die unbeschriebenen Briefbogen, die auf dem leeren Tisch liegen geblieben waren, ordnete sie sorgfältig, legte sie in ein Fach und stellte die Tintenflasche darauf.

»Sie brechen morgen früh auf?« fragte sie mich leise.

»Ja, ja«, antwortete ich, wie ich schon vor vielen Abflügen an vielen Orten geantwortet hatte, »wir starten immer früh, mein Mann legt Wert darauf, daß die See möglichst ruhig ist, aber lassen Sie sich nur nicht stören, Sie brauchen wirklich nicht aufzustehen. Wir benötigen gar nichts...«

»O doch«, widersprach sie eifrig und lächelte mich an, »wir werden das Frühstück für Sie bereiten...« Sie nahm eine Feder, die sie übersehen hatte, vom Tisch und ging mit einem leichten Seufzer zur Anrichte. »C'est ennuyeux ici... es ist so langweilig hier.«

DIE TÜRME AUF DEM HÜGEL DORT...

»Auf Wiedersehn ... auf Wiedersehn!«

Aber ich rief ins Leere. Nicht einmal mein Mann im Führersitz konnte mich hören, so laut übertönte das Motorengeräusch meine Abschiedsgrüße; noch viel weniger hätten die winzigen Figürchen, die auf dem Hügel tief unter uns standen, sie vernehmen können. Denn wir waren wieder in der Luft, umkreisten den kleinen Hafen und verkündeten der Welt, die wir gerade verlassen hatten, brausend und knatternd unsere stolze Freude über die wiedergewonnene Freiheit. Das auf den Wellen tanzende winzige Boot, das uns ins offene Meer hinausgeschleppt hatte, der wie ein Spielzeugwürfel aussehende Hangar, die von hier aus Spinnenbeinchen gleichenden Kranarme, der flache Bungalow, der himmelwärts ragende Funkturm; alles drehte sich tief unter uns.

Unser Start war gelungen!

Aber es war ein schwerer Start gewesen ... zuerst die Fahrt hinaus zum bewegten offenen Meer ... die Neger mußten sich mit aller Kraft in die Riemen legen. Dann die endlose Zickzackfahrt über die offene Wasserfläche; wild tanzte das Flugzeug auf den hochgehenden Wellen. Würden wir bei solchem Seegang jemals loskommen? Endlich der entscheidende Anlauf gegen den Wind, mitten durch die Brandung. Hochauf spritzt die Gischt ... überflutet die Tragflächen ... furchtbare Stöße gegen die Schwimmer. Ob sie es wohl aushalten würden? Jetzt sind wir los ... nein ... wieder ein Anprall ... jetzt ... jetzt ... nein ... klatsch, klatsch. Etwas *muß* brechen. Charles pariert den Stoß. Jetzt sind wir los ... mit angehaltenem Atem warte ich auf den nächsten Zusammenstoß mit den Wogen ... aber er kommt nicht. Dann fliegen wir also

... ja, wir fliegen! Immer höher schraubt sich die Maschine steil in die Luft ... schon liegt die Welt, die uns vor ein paar Sekunden noch gefangen gehalten hatte, tief unter uns ...

Ist dies wirklich die gleiche Welt, dachte ich, als ich nun erstaunt, verwirrt hinabblickte. So klein war sie, wie konnte überhaupt ein Mensch darin Platz haben? Das weiße Kästchen unter den Funktürmen ... waren wir dort drinnen so entmutigt gewesen, als die böse Nachricht aus Dakar kam? Das Puppenhäuschen ... hatte ich mich darin Abend für Abend ganz apathisch in den Korbsessel gedrückt? Das staubgraue Fädchen, das sich den kaum wahrnehmbaren Hügel hinaufschlängelte ... war das der steile Weg, den ich so oft zum Bungalow hinaufgeklettert war? Und diese Figürchen, die tanzenden Pünktchen im Boot, die sich bewegenden Flecke auf dem Hügel ... waren das Menschen aus Fleisch und Blut, mit denen wir gesprochen hatten? Der Franzose in seinem schmutzigen Sweater und seinem Tropenhelm, die immer freundlich grinsenden Boys, der »Chef«, sich in seiner ganzen Länge aufrichtend, seinen dünnen, flatternden Rock zuknöpfend? Er hatte sich geweigert, Bezahlung für die Mühe, die wir ihm bereitet hatten, anzunehmen. »Ich bin hier Chef ... Sie sind meine Gäste ... ich kann doch von meinen Gästen kein Geld annehmen ...« Schließlich hatten wir ihm mit Gewalt wenigstens das Geld für die Funkdepeschen aufgedrängt ... immer wieder hatte er uns versichert, es sei zuviel, er werde uns den Rest zurückschicken ...

Und das flatternde Farbfleckchen, der unbestimmte gelbliche Schimmer, war das die junge Frau, die uns mit einer kleinen verstaubten Kamera gefolgt war? »Sie haben doch nichts dagegen ... bitte?« hatte sie ganz schüchtern gefragt.

Ein paar Minuten war das alles erst her ... und jetzt waren wir schon Welten entfernt von ihnen, wenn ich auch noch unhörbare »Auf Wiedersehn!« hinunterbrüllte, und die Leute tief unten auf dem Hügel mit Miniaturärmchen winkten. Aus Raum wurde in diesem Augenblick Zeit. Wir waren schon genau so weit von diesen Menschen entfernt, wie wir nächste Woche, nächstes Jahr oder am Ende unseres Lebens sein würden. Sie gehörten nun der Vergangenheit an, und während wir auf sie hinuntersahen, war es, wie von der Höhe des Todes hinunter auf das Leben zu blicken.

Als das Flugzeug erst die eine und dann die andere Tragfläche zum Abschied senkte, wurde mir klar, daß sie bald an Bedeutung für mich verlieren würden. Ich wollte das nicht ... aber ich würde sie vergessen ... sie würden zu einer unbestimmten, traumfernen Erinnerung werden. Unser Flugzeug, unsere Augen und jetzt auch unsere Gedanken wandten sich in eine andere Richtung ... Bathurst entgegen. Nur ein dünner Faden würde uns noch kurze Zeit miteinander verbinden. Die Funkstation ... fiel mir plötzlich ein ... die Türme auf dem Hügel dort, die kleine Hütte mit dem einen dem Himmel zuwandten Fenster, der blasse Funker mit dem steten Blick auf die Wanduhr. Ich mußte die Antenne aufspulen, den Sender einstellen, ich mußte die Verbindung mit ihnen herstellen.

»Da-dit-da, dit-da-dit-dit, da-dit-da-dit – *KHCAL* (Unser Flugzeug) *ruft CRKK* (Porto Praia).«

UND DIE ENGLÄNDER...

»Ankommen Bathurst etwa 13.40 GMT.« Ich gab eine letzte Nachricht nach Porto Praia durch. Schon wurde die Küstenlinie von Gambia sichtbar, ein dunkler Streifen über der mittäglichen, farblos hellen See. Dakar, die von einem erbarmungslosen Feind, dem Gelben Fieber, belagerte Stadt, war nur als eine verwischte Linie links am Horizont erkennbar. Unsere seltsamen Inseln lagen weit hinter uns; Bathurst lag vor uns.

Die Küste sah aus dieser Entfernung ganz flach aus, eine lange, einförmige Linie, die nirgendwo zu Hügeln oder Bergspitzen anstieg. In der Ferne, ganz undeutlich, verschwamm die Linie im Meer, so allmählich, daß ich kaum erkennen konnte, was noch Land, was schon Meer war. Die Küste schien ins Unendliche weiterzugehen, Teil eines riesenhaften Bogens, eines gewaltigen Kontinents. Selbst als wir näher kamen und schärfere Linien erkennen konnten, die Riffe oder Klippen sein mochten, glich die Küste keineswegs dem zerklüfteten, dem ewigen Ansturm der Brandung ausgesetzten Ufer Santiagos. Unvorstellbar grün kam sie uns nach den nackten, vulkanischen Bergen jener Inseln vor; diesem satten, schweren Grün schien ein Dunst zu entströmen, der sich wie ein Hitzenebel über alle Vegetation legte. An einer Stelle wurde das Grün der Küstenlinie kaum wahrnehmbar von einem anderen Farbton unterbrochen. Das bedeutete, wie ich aus Erfahrung wußte, eine Stadt, helle Häusermassen, dunklere Baumgruppen ... Bathurst. Bald konnten wir auch die leicht unregelmäßigen Umrisse von Palmen und die viereckigen Konturen von Häusern unterscheiden. Mastspitzen, Molen tauchten auf, wie auf dem Meere schwimmend.

Bathurst war also ein großer Ort. Eine britische Kolonie natürlich. Dort würde alles glatt gehen. Jetzt, da ich die Landspitzen zu beiden Seiten der Flußmündung erkennen konnte, erwies sich diese Mündung als breit und geräumig wie eine große Bucht. Von dort abzuheben, würde uns keine Schwierigkeiten machen. Zahlreiche kleine Segelboote, Ruderboote und Zweimasterjollen lagen sicher verankert auf der weiten Wasserfläche. Einige größere Schoner waren längs der Kais auf der einen Seite der Stadt festgemacht. Schiffe ... Verkehr! dachte ich erleichtert, als ich mich des leeren, verlassenen Hafens von Santiago erinnerte.

Das Wasser lag still und friedlich unter uns, die trübe Fläche war nur von sanft sich kräuselnden Wellchen bewegt. Hier zu landen war ein Kinderspiel. Wir umkreisten die weiße Stadt, die Fahnen, die Masten, die Schiffe, die Docks, den dichten grünen Mangroveküstensaum, und schon glitt unsere Maschine sanft durch die leichten Wellen. Eine ideale Landung, konstatierte ich, als ich in mein Logbuch schrieb: »Bathurst gelandet 13.58 GMT.« Kaum vergleichbar mit dem heftigen Anprall gegen die stürmische Brandung vor Santiago!

Der Motor brummte leise weiter, als wir einer Signalboje zusteuerten. Ich versorgte die Logbücher, schloß das Funkgerät ab und erhob mich in meinem Sitz. Es war unglaublich heiß, kochend heiß – viel heißer als in Porto Praia – dazu feucht und schwül; kein Lufthauch regte sich. Das trübe Wellengekräusel auf dem Wasser mußte von der Flut herrühren, sicherlich nicht vom Wind. Das war allerdings recht günstig; wir würden nicht viel Zeit mit dem Festmachen des Flugzeugs verlieren.

Ein kleines, adrettes Motorboot umkreiste uns. Darin standen aufrecht Offiziere in weißen Uniformen und winkten uns mit ihren Tropenhelmen zu. »Seine Exzellenz, der Gouverneur, hat uns beauftragt ...« »Der Wagen seiner Exzellenz ...« Rasch und ruhig wurde unser Flugzeug an einer Boje vertaut; dann half man uns in das Motorboot, das sogleich auf die Mole zusteuerte.

»Hören Sie, Oberst Lindbergh«, sagte einer der Offiziere mit einem besorgten Blick, »Ihre Frau und Sie sollten unbedingt Tropenhelme tragen.«

»Wir sind aber die Sonne gewöhnt«, antwortete mein Mann und sah sich der Reihe nach die schneeweiß schimmernden Tropenhelme an, »und ein bißchen Schutz bieten uns auch unsere Fliegerkappen.«

»Die empfindlichste Stelle ist hinten am Nacken ... dort erwischt es einen meistens. Und da haben Sie gar keinen Schutz ...«

»Aber wir sind nie lange in der Sonne«, machte Charles geltend.

»Oh, da kann man Überraschungen erleben! Es trifft sie so schnell wie –« der Offizier schnippte anschaulich mit den Fingern.

»Und was halten Sie von einem Strohhut?« Mein Mann dachte offenbar an die plump und steil wirkende Form dieser Kopfbedeckungen.

»Nicht annähernd so gut«, erklärte der Offizier sachkundig. »Sehen Sie, diese Helme sind mit Kork gefüttert, das hält die Sonnenstrahlen am sichersten ab.« Er nahm seinen Helm ab, trommelte einen Augenblick mit den Fingerspitzen darauf und stülpte ihn wieder auf den Kopf. »Wir werden Ihnen welche besorgen.« Wenn sich die Engländer um einen kümmern, ist man gut aufgehoben, dachte ich mit einem wohligen Gefühl der Sicherheit. Es macht ihnen geradezu Spaß, sich um einen zu kümmern. Gerade reichte mir jemand die Hand, um mir beim Aussteigen zu helfen.

Ein geschlossener Wagen wartete auf uns im Schatten eines Seidenwollbaumes. Ein paar Schritte durch die glühend heiße Sonne, und schon umfing uns die erquickende Kühle des Wageninnern. Die Sitze waren mit blendendweißen Überzügen bedeckt. Behaglich lehnten wir uns zurück.

»Dies ist der Wagen seiner Exzellenz ... wir fahren Sie direkt zum Regierungsgebäude. Der Gouverneur der Kolonie ist verreist, aber sein Stellvertreter und seine Frau laden Sie ein, bei ihnen zu wohnen.« Der Offizier schloß die Türe des Autos.

»Sind Sie aber auch sicher, daß wir nicht stören?« erkundigten wir uns etwas besorgt. »Es ist wirklich nicht nötig, daß wir ...«

»Doch, doch ... der Gouverneur wünscht es unbedingt ... Seine Exzellenz erwartet Sie.«

»Aber es ist schon sehr spät«, brachte ich vor, »die Lunchzeit ist vorüber ... hoffentlich warten sie nicht ... vielleicht gibt es ein Hotel ...«

»O nein, daran dürfen Sie gar nicht denken ... es ist alles für Sie vorbereitet.«

Wir fuhren schon. Hoffentlich machten wir den Leuten wirklich keine Mühe. Übrigens hätte es keinen Zweck gehabt, zu widersprechen; es machte ihnen sicherlich Vergnügen, sich um Gäste zu bemühen. Vielleicht lag auch ein Grund darin, daß die englischen Kolonien so gut verwaltet waren. Zwischen frisch getünchten Häusern mit Blechdächern und grünen Jalousien fuhren wir gutgepflasterte Straßen entlang. Zementmauern und Pfosten umgaben jedes einzelne Haus. Telephondrähte liefen schnurgerade vor uns her. In gleichen Abständen beschatteten Bäume die Trottoirs und sauberen Rinnsteine. Karren, Autos und Radfahrer bevölkerten die Fahrbahn, brav links fahrend, wie es sich gehörte. Ein ununterbrochener Strom von barfüßigen Eingeborenen flutete die Bürgersteige auf und ab: Negerinnen in weiten Baumwollröcken mit Kindern auf dem Rücken und Körben auf dem Kopf; Neger, deren Hemden nicht in den Hosen steckten, sondern lose herunterhingen; Männer mit Tropenhelmen, Fesen und breitrandigen Strohhüten auf dem Kopf; Frauen, die nur ein Tuch um die Hüften geschlungen und eine Bandanna um den Kopf gewunden hatten ... Alle diese Männer und Frauen hasteten, drängten einander, als hätten sie dringende Arbeiten zu verrichten, als strebten sie möglichst rasch einem Ziele zu. Hier herrschte Leben, hier spielte die Zeit eine Rolle; hier waren wir wieder mitten im Betrieb. Und zwar war es ein wohlgeordneter Betrieb. Polizisten in weißen Uniformen und Tropenhelmen regelten an den Straßenecken den Verkehr. Es gab Parkanlagen, einen eingezäunten Krikketplatz, eine Zuschauertribüne, eine britische Flagge. Alles atmete Frieden, Ordnung, Sicherheit. Ich machte Charles darauf aufmerksam.

»Es ist wirklich ein angenehmes Gefühl, britisches Gebiet zu betreten«, stimmte mein Mann vergnügt zu.

Über die Züge des uns begleitenden Offiziers flog nicht einmal der Anschein eines Lächelns. Vielleicht hat er die Bemerkung nicht gehört, dachte ich. Oder war es nur Bescheidenheit? Rasch warf ich einen zweiten Blick auf das Gesicht unter dem weißen Tropenhelm. Nein, erkannte ich, nicht Bescheidenheit ... bloß Langeweile. Und ich nahm mir vor, Engländern gegenüber solche Bemerkungen in Zukunft zu unterlassen. Sie hielten sie sicher für etwas einfältig. Das alles war für sie doch selbstverständlich!

Wir fuhren durch das breite, zum Regierungsgebäude führende Tor, vorüber an den Wachtposten, Eingeborenen in Khakiuniformen mit roten Jacken und Fesen, an Fiederpalmen und blühenden Bougainvillas vorbei. Der Gouverneur stand in der Tür seines Hauses, neben ihm eine das Gewehr präsentierende Schildwache. Seine Frau schritt die Freitreppe hinunter, um uns zu begrüßen. Sehr schön und frisch sah sie aus in ihrem leichten Kleid aus lavendelfarbenem Voile. Ihre Toilette, ihre Bewegungen, ihre Stimme, alles erinnerte an eine andere Welt, an englische Sommer. Sicher blühten im Garten hinter dem Haus Rosen und Rittersporn, auf dem Rasen wurde der Teetisch gedeckt, und es gab keine ärgeren Sorgen als ein paar harmlose Wespen im Marmeladentopf. Ich blickte die Dame gleichzeitig erstaunt und bewundernd an.

Sie streckte mir die Hand entgegen. »Sie müssen gleich hereinkommen und etwas essen«, sagte sie mit ihrer weichen englischen Stimme. »Ich fürchte, der Fisch hat etwas zu lang auf dem Herd gestanden ... ich weiß nicht, ob er noch so ist, wie er sein soll ... leider wußten wir nicht genau, wann Sie kämen.« Sie lächelte, um Nachsicht bittend.

Ich war sprachlos vor Verwirrung. »Danke ... vielen Dank ... ganz sicher ist ...« Mehr konnte ich nicht herausbringen. Es wäre mir ganz unmöglich gewesen, meinem Gefühl der Dankbarkeit richtigen Ausdruck zu geben. (»Sie freuen sich wirklich über uns ... ist das zu glauben!«) Und ebensowenig hätte ich Worte dafür finden können, wie seltsam es mir erschien, in eine Welt zurückgekehrt zu sein, in der es eine Rolle spielte, daß der Fisch »etwas zu lang auf dem Herd gestanden hatte«.

Man führte uns durch verdunkelte Veranden, hohe Vestibüle, dann eine Treppe hinauf in ein schimmernd weißes Schlafzimmer. Weiße Moskitonetze umhüllten keusch die bereits aufgedeckten Betten. Eine Kanne eisgekühlter Limonade stand auf den Nachttischchen; im Badezimmer gab es heißes Wasser und Seife, die nach Lavendel roch. (Ein warmes Bad ... oh, welche Wonne!)

Dann gingen wir zum Lunch hinunter. Schwarze Diener in weißen Röcken huschten geräuschlos durch die Portièren. Auf dem gedeckten Tisch glitzerten Silber und Kristall. Das Essen war herrlich.

Nach dem Lunch badeten wir. Wir ruhten uns zwischen den kühlen, weißen Leinentüchern aus. Wir machten eine Autofahrt zum Flugfeld hinaus. Ein britisches Flugzeuggeschwader, das vom Sudan kam und Afrika durchquert hatte, war soeben eingetroffen. Einige der angekommenen Fliegeroffiziere begleiteten uns zum Haus des Gouverneurs zurück. Wir unterhielten uns über unsere Expeditionen. Sie sprachen von dem Flug quer durch Afrika, als sei weiter gar nichts dabei; wir gingen über die Schwierigkeiten des Landens vor Santiago mit ein paar leichten Worten hinweg. Die Offiziere und wir ... wir alle fühlten uns als Angehörige einer großen Gemeinschaft, der Gemeinschaft der Menschen, die fliegen. Sie waren gerade aus Ägypten gekommen. Wir flogen nach Brasilien. Es war alles ein Spaß ... Fliegen war leicht.

Ehe wir zu Bett gingen, machten wir noch einen Spaziergang unter Palmen zu der Mole, die sich weit in den Hafen hinaus erstreckt. Es war ein klarer, schöner Abend. Der Mond, der noch sehr hoch am Himmel stand, überglänzte silbern die kaum wahrnehmbaren Wellen der Bucht. Alles glatt und still und friedlich. Kein Wind; Gott sei Dank war seine Stimme endlich verstummt. Wir standen an der äußersten Spitze des Piers; die Stufen, die zum Wasser hinunterführten, schimmerten im Mondlicht.

Ein großer Fisch schnellte vor uns empor, zerriß die seidige Oberfläche des Wassers.

»Seht nur«, rief ich, »was für ein großer Fisch!«

»Abends sieht man viele hier«, erklärte der Gouverneur, »wahrscheinlich zieht das Licht sie an. Wir kommen oft her und beobachten sie.«

Wieder zuckte eine silberne Flosse im Mondlicht auf; kleine Wellen schlugen im Gleichmaß gegen die Stufen. Wie zauberhaft! empfand ich; das alte Märchen vom Fischer und seiner Frau kam mir in den Sinn.

»Manntje! Manntje! Timpe Te!
Buttje! Buttje in der See ...«

(Wie ging es nur weiter?)

»Ik hadd my doch wat wünschen schullt.«

»... was wünschen sollen«, ... ja, so war es. Und dann tauchte der Butt aus dem Meer auf und versprach dem Fischer die Erfüllung seines Wunsches. Was hätte ich mir wohl gewünscht? ... Doch nein, heute abend wollte ich nicht an Wünsche denken. Ich wollte überhaupt nicht an die Zukunft denken. Wir hatten Porto Praia verlassen; wir waren in Bathurst und in Sicherheit. Morgen würde noch Zeit genug sein, über Probleme nachzudenken.

Wir wandten uns um und gingen langsam über die Mole zurück; unsere Schritte hallten laut durch die stille Nacht.

WELT BEI SONNENAUFGANG

Bum, bum, bum. Jemand klopfte an die Tür. Ich schrak aus den wohligen Tiefen des Schlafes empor, verwirrt und unwirsch. Stockdunkle Nacht. Was war denn da los...

»Zeit, aufzustehen.« Mein Mann drehte das Licht an.

War die Nacht denn schon vorüber? Ich fühlte mich betrogen. Doch ja, ich hatte geschlafen. Die Nacht war vorbei.

Mein Mann war schon aufgestanden. Langsam kehrte meine Erinnerung zurück. Man hatte uns nur auftragsgemäß geweckt. Wir mußten früh aufstehen, das Flugzeug wartete. Dies war der Morgen, an dem wir quer über den Atlantik nach Südamerika fliegen würden.

Ich erhob mich automatisch und fing an, mich hastig anzukleiden. Durch ein unbestimmtes Gefühl wurde ich zur Eile angetrieben. Eine Stimme hämmerte in meinem Kopf, wie vorhin der Mann an die Tür gehämmert hatte, und diese Stimme sprach: »Gestern, als du wach warst, hast du etwas beschlossen. Es war sehr wichtig. Wenn du richtig wach bist, wirst du begreifen, warum.«

Und während ich mich ankleidete, den Blick unausgesetzt auf die Uhr gerichtet, kam mir die Bedeutung dessen, was ich tat, allmählich zum Bewußtsein. Zwanzig Minuten vor... um vier das Haus verlassen... um zehn Minuten vor vier fertig angezogen sein... sich nicht verspäten... Abflug, ehe die Sonne aufgeht. Das Licht, das kostbare Licht, darf nicht vergeudet werden...

Die Nacht draußen war noch immer samtschwarz. Noch hatte keine Spur des Tages die dichte Finsternis durchbrochen. Das bedeutete Sicherheit. Wir hatten Zeit, alles vorzubereiten, ehe das schützende Dunkel zerriß.

Das Wetter? Klar, so weit wir erkennen konnten. Sterne standen am Himmel, und der Mond gab, obgleich kurz vor Untergang, noch ein wenig Licht. Der Wind? Wir blickten durch die Fenster auf die Palmen, deren Umrisse sich undeutlich vom schwarzen Nachthimmel abhoben, hielten angestrengt Ausschau, ob ihre schattenhaften Silhouetten sich veränderten. Ja ... ihre Formen wechselten von Zeit zu Zeit; sie bewegten sich. Ja ... es gab Wind. Wie gut ... es gab Wind.

Ich schlüpfte im meine Fliegermontur. Was für ein Gefühl der Erleichterung, wieder die gewohnte Arbeit zu verrichten. Alles erschien mir jetzt leicht und einfach. Heute morgen gab es kein Würgen in der Kehle; kein Reisefieber. Das lag hinter mir, mich erwarteten Taten ... der flüchtige Tag. Welche Aufgaben ich zu erfüllen hatte, war klar. (»Hast du die Chronometer aufgezogen?« »Hier sind noch ein paar Bleistifte») Kein Raum für zögernde Zweifel.

Und dann ... dies war ja unser gewohntes Leben, frühmorgens aufzustehen und zu fliegen. (»Pst« ... was die Thermosflasche für einen Lärm macht, wenn man sie auf den Tisch stellt.) Ein Sommer der frühen, dunklen Morgen lag hinter uns, der Morgen des ewigen Hastens und Flüsterns. Mochten unsere Startorte auch noch so verschieden sein, unser Abschied war immer der gleiche. Ob wir ein grönländisches Dorf oder ein europäisches Hotel, eine Gesandtschaft oder ein Fort in der Wüste verließen, immer war es dasselbe. Im Dunkeln erwachten wir verwirrt und unsicher. Rasch zogen wir uns in der Stille an, während alles ringsumher noch schlief; draußen auf dem Gang tasteten wir nach unseren Schuhen. (»Paß auf ... du weckst das Haus auf ... wie die Dielen knarren.«) Geräuschlos stahlen wir uns hinaus, in unseren alten Kleidern, wie wir gekommen waren, unsere Bündel schulternd. Hinaus ins Freie ... zurück zu unserem Leben ... fliegen. Nur das war Wirklichkeit. Alles andere – um gedeckte Tafeln sitzen, Leute kennenlernen, Sehenswürdigkeiten anschauen, warten, die Zeit ausfüllen – war unwirklich. Unser Leben begann erst wieder, wenn wir leise aus den Häusern huschten.

Auch vor diesem Sommer hatten wir schon die frühen Morgenstunden genutzt. Daheim, in Maine, auf Long Island, an der Westküste, immer hieß es, früh aufstehen, um im ersten Licht abzufliegen, die Welt in Besitz zu nehmen, solange sie noch frisch und neu war, zu einer Stunde, da noch niemand auf war ... niemand außer ein paar anderen Hütern des frühen Morgens.

Denn die Welt gehört bei Sonnenaufgang mancherlei Leuten. Die Felder gehören den Bauernknechten, die die Gatter für die Kühe öffnen, die Wiesen alten Pilzsammlerinnen mit Säcken auf dem Rücken. Selbst dein eigener Garten gehört um diese Stunde nicht dir. Wilde Kaninchen und Amseln haben den Rasen ganz allein für sich; eine schildpattfarbene Katze, die du bei Tag nie zu sehen bekommst, spaziert auf der Gartenmauer herum, und hinter den Schwertlilien taucht schimmernd ein Goldfasan auf.

Die Welt überraschen, überfallen, bedeutet also, sie neu zu gewinnen. Ein Hauch des Entdeckens liegt darin, des Abenteuers, ja des Plünderns. Und der Flieger plündert nicht nur eine neue Welt, sondern auch die Zeit selbst, unschätzbare Stunden, die er dem Morgen raubt, um sie, sorgsam gehütet, am Abend zu nutzen.

Auch die Zeit, die wir eben erst stahlen, mußte uns reiche Zinsen tragen. Was wir jetzt ausgaben, war nur »Nacht«, eine dunkle, abgegriffene Münze. Viele Stunden später würde sie uns in guter Währung, in klarem goldenem Tageslicht, im reinen Silber des Mondlichts zurückerstattet werden. (Fernando de Noronha, ehe es dunkel wird ... Treibstoff genug, um in den hellen Mondschein hineinzufliegen.)

»Eil dich ... es ist zehn vor ... bist du fertig?« Sich eilen, aber kein Geräusch dabei machen. »Pst ... du weckst das ganze Haus auf.« Eine Schublade quietscht, als sie herausgezogen wird ... Papier raschelt. Flüstern. »Komm, hilf mir einen Augenblick, ich will die Bündel verschnüren.« Sogar die Schnur schien Lärm zu machen, als ich sie knüpfte, und das Bündel laut zu krachen, als ich es umdrehte. »Ich höre Schritte draußen ... man holt das Gepäck ... hast du es fertig?« »Ja sicher, dort drüben liegt alles aufeinander ... die Kappe und die Karten nehme ich selbst.« Es klopft an die Tür.

Die beiden schwarzen Diener, sogar zu dieser frühen Stunde tadellos in langem Rock und Schärpe, heben unsere Bündel, die zusammengerollten Decken, die Feldflaschen und den weißen Segeltuchsack sorgfältig auf die Schulter. »Bitte gehen Sie mit dem dort recht vorsichtig um! Es sind Instrumente darin.« Es fiel mir ein, daß man in einer britischen Kolonie nie etwas selbst tragen darf. Ein letzter Blick auf unser Zimmer ... nichts vergessen? Die Kappen, unser Lunchpaket, die Karten und die Tasche mit den Funkaufzeichnungen hatte ich. »Nein, danke, das trage ich *immer* selbst.« Charles hatte die Feldflaschen und die Kamera genommen. Nichts blieb zurück als die ausgeschiedenen Ausrüstungsgegenstände; die Stiefel und der Anker sahen uns vom Fußboden herauf vorwurfsvoll an. Man würde uns diese Sachen später nachschicken. Wir drehten das Licht aus und verließen das Zimmer; unsere Gummisohlen folgten quietschend den lautlosen nackten Füßen der Neger die Treppe hinab.

Unten erwarteten uns der Gouverneur und seine Frau. Sie hatten es sich nicht nehmen lassen, sich trotz der frühen Stunde von uns zu verabschieden. »Um vier Uhr ... wie konnten Sie nur!« »Auf Wiedersehn ... auf Wiedersehn!« Sie nahmen wirklich ehrlichen Anteil an uns. Wir unterhielten uns flüsternd, jetzt nicht mehr aus Angst, jemanden aufzuwecken, sondern weil wir uns instinktiv scheuten, die seltsam feierliche Stille des frühen Morgens zu stören. »Vielen, vielen Dank!« Als ob wir ihnen wirklich hätten danken können! Man kann Menschen, die einem Gutes tun, nie wirklich danken, erkannte ich nicht ohne Bedauern, wenigstens nicht, indem man sie mit Dankbarkeit überschüttet wie mit Rosen. In der Münze des »Dankesagens« kann man solche Schuld niemals abstatten; nur in »Naturalien« kann man irgendwo und irgendwann einmal Empfangenes zurückzahlen, indem man – ganz unbewußt vielleicht – jemandem gegenüber so handelt, wie diese beiden Menschen uns gegenüber gehandelt hatten. »Nochmals herzlichen Dank ... Auf Wiedersehen ...«

Wieder ging es durch die langen Veranden, dann hinunter über die breite Freitreppe des Regierungsgebäudes. Es war erst ein oder zwei Tage her, seit wir diese Treppe mit einem Gefühl der Erleichterung, des Geborgenseins hinaufgestiegen waren, mit dem Gedanken an etwas Erledigtes und Vollbrachtes, etwas, das hinter uns lag. Nun lag alles vor uns. Mußte noch getan werden, am heutigen Tag und in der kommenden Nacht ...

Wir verstauten unsere Sachen in dem offenen Auto. »Das große Stück dorthin ... das kleine bitte dort und ... passen Sie auf, in dem da sind Instrumente. Gut aufpassen, ja? Obenauf legen bitte.«

Mit einem Ruck setzte sich der Wagen in Bewegung. Ich winkte noch einmal zurück. »Auf Wiedersehen ...« Hatte ich alles? Die Karten ... ja, im Schoß, die Funkertasche ... ja, dort obenauf. Die Tropenhelme ... ja. Das Lunchpaket ... auch dort steckte es. Karten, Funkertasche, Tropenhelme, Lunch.

Durch das Parktor, an dem im Dunkel liegenden Kricketplatz, an schwarzen Seidenwollbäumchen vorbei, die dunklen Straßen entlang, die ganz leer dalagen. Weit und breit war außer uns nichts Lebendiges zu sehen. Wir aber kamen uns inmitten dieser Totenstille rücksichtslos lebendig vor, als wir durch die verlassenen, in Bewegungslosigkeit erstarrten Straßen sausten, lärmend um die Ecken jagten. Sicherlich schreckten wir die weißen, ruhig daliegenden Häuser aus ihrem Schlummer auf. Und sicherlich regten sich jetzt Menschen in ihren Betten und fragten sich schlaftrunken und verwundert, welche Narren wohl zu nachtschlafender Zeit dort draußen herumfuhren. Wir aber hatten wieder einmal eine Zwischenstation hinter uns gelassen. Wieder einmal nahmen wir Abschied. Wieder einmal hatte ein neuer Flugtag begonnen.

VERGEBLICHER START

Wir hielten vor dem geschlossenen Gittertor der Werft. An einem der Stäbe baumelte eine Laterne. Der Chauffeur hupte leise. Nach einer Minute schlurfte ein verschlafener Wächter herbei, schloß das Tor auf und ließ uns hineinfahren. Der unebene, aschenbestreute Boden knirschte unter den Rädern. Vor uns erstreckte sich die Mole; an ihrem äußersten Ende brannte ein Licht. Im schwachen Mondlicht konnten wir die dunklen Umrisse des Flugzeugs erkennen; die Vertäulaterne schwang über der Motorhaube hin und her. Wir kletterten mit unseren Bündeln aus dem Wagen und gingen zur Spitze der Mole, wo eine Leiter zum Wasser hinabführte. Jemand pfiff über das Wasser zu den schwarzen Hafenwächtern hinüber, die in einem Ruderboot auf- und abpatrouillierten. Das Platschen der Ruder drang durch die Stille; die Bootslaterne flackerte. Jetzt waren sie bei uns an der Mole.

»Hier ... unsere Bündel ... das große zuerst, bitte ... jetzt das kleine ... die weiße Tasche ... gut darauf aufpassen, ja? Legen Sie sie auf den hintern Sitz, ich nehme sie dann selbst.«

Das Boot setzte sich in Bewegung. Es war noch dunkel. Nur hier und da glänzte im Mondlicht ein Stückchen Wasserfläche silbern auf. Etwas gekräuselt ist das Wasser ja, dachte ich, aber viel Wind scheint es nicht zu geben. Nun, vielleicht würde es weiter draußen besser.

Jetzt waren wir bei den Schwimmern unseres Flugzeuges angelangt; ich hielt das Boot mit der Hand zurück, um zu verhindern, daß es an die Flanken der Schwimmer stieß. Mein Mann sprang aus dem Boot. Ein Ende des Schwimmers senkte sich unter seinem Gewicht; Wasser spülte darüber hinweg. »Reich mir bitte die Sachen herüber ... das große Stück zuerst ...« Rasch legte er die einzelnen Stücke übereinander auf die Tragfläche, dann zog er die Leiter aus Stahlrohr heraus, auf der man am Flugzeugrumpf hinaufsteigen konnte. Auf einer der Sprossen stehend, schob er die taufeuchten Hüllen von unseren Sitzen zurück. Ich reichte ihm die Karten, meine Funkertasche, den Helm, das Eßpaket hinüber; er warf alles in den Heckraum.

Nun konnte ich aussteigen. Links, rechts, links ... ich schwang mich in meinen Sitz. Alles in Ordnung? Ich tastete mit den Händen im Dunkeln umher. Der Abdriftmesser war noch mit der Kappe bedeckt, wie ich ihn verlassen hatte, um Staub und Feuchtigkeit abzuhalten. Meine rechte Hand suchte die Funktaste und fand sie. Der Spulenkasten zu meinen Füßen war geschlossen, der Senderverschluß vor mir fest zugeschraubt. Der Antennendraht zu meiner Linken war aufgerollt, die Bremse angezogen. Alles in Ordnung. Ich schob die Karten und die Funkertasche in das Kartenfach und stopfte meinen Sweater in eine Ecke des Sitzes. Den Tropenhelm würde ich während des Starts besser in der Hand behalten, damit er nicht zu Boden fiel und sich in den Leitungen verfing.

Charles stand auf der Tragfläche und war gerade dabei, die letzten Bündel durch die offene Luke im Gepäckraum zu verstauen und sie dort festzuschnallen.

»Soweit alles in Ordnung. Kannst du mir jetzt beim Pumpen helfen?«

Ich kletterte wieder hinunter. Das Heck der Schwimmer war vollständig überschwemmt. Noch nie hatte ich sie so tief unter Wasser gesehen. Wie würden wir je zu den hinteren Kammern gelangen? Ich kniete mich zuerst auf die Spitze des einen, dann des anderen Schwimmers und versuchte, die hinteren Teile aus dem Wasser zu wippen, während mein Mann pumpte.

»Jetzt ist's gut ... wir sind fertig ... ich werde den Anker hochziehen.«

Das Flugzeug begann auf die offene Bucht zuzusteuern; es ließ den Hafen, die Docks, die Bojen hinter sich, aber schrecklich langsam und schwerfällig. Jedesmal, wenn es an eine Welle stieß, schwankten wir hin und her. Noch nie hatte es sich so benommen. Wahrhaftig, es glich einer kurzatmigen alten Frau, die sich keuchend eine Treppe hinaufschleppt. War das wirklich unsere schnelle, starke Maschine? Ich warf einen Blick über die Tragfläche. Als mein Mann mehr Gas gab, rollte das Wasser noch höher über die halbüberschwemmten Schwimmer. Wenn wir über eine etwas größere Welle glitten, schienen die Spitzen der Tragflächen das Wasser zu berühren.

Endlos dünkte uns diese Fahrt; eintönig brummte der Motor, schwerfällig schwankte das Flugzeug über das Wasser. Der Himmel war schon viel heller. Ich sah auf die Uhr. Zehn Minuten waren wir schon unterwegs. Wir drehten, um das bißchen Wind besser auszunützen. Jetzt hatten wir die Startbahn erreicht.

Ich sah, wie mein Mann im Führersitz den Kopf wandte, und in dieser Pause – während der Motor leer lief, während die Wellen die Schwimmer lässig umspülten – stellte er die wohlvertraute Frage: »Fertig?«

Ich griff nach dem Sicherheitsgurt, überzeugte mich, daß er geschlossen war und hielt meine Kappe fest. »Fertig.« Es ging los. Ich blickte auf meine Uhr und hielt den Atem an.

Lautes Getöse, schäumende Gischt stürmten über uns hin, brausten in unseren Ohren, überschütteten Schwimmer, Tragflächen, Sitze. Brüllton und brechende Wassermassen, unentwirrbar vermischt in einem gewaltigen Lärm, bedeckten uns völlig, schlossen uns ein, trennten uns von der Welt. Kein Laut außer dem Fauchen des Motors; keine Sicht außer der sich hochauftürmenden sprühenden Wand. Wir waren eingehüllt in der Schaumkrone einer Woge, gefangen im Innern eines Taifuns. Wie konnte ein Mensch sich nur in solch einem Wirbelwind im Gleichgewicht halten? Wie konnte er seine Maschine sicher hindurchsteuern? Nun, er mußte es eben. Und irgendwie gelang es auch stets. Die Maschine gehorchte. Dem leisesten Wink ihres Herrn folgend, schoß sie durch die Flut.

Aber dies, wußte ich, war erst der Beginn, dieses blinde Dahinrasen eines Wassergeschöpfes durch sein Element. Ein paar Sekunden nur, das vermochte man zu ertragen, dann war man oben. Ein paar Sekunden nur ... in atemloser Spannung wartete ich darauf, daß die schäumenden Wasser sich senkten, daß die Welt wieder auftauchte, daß das Flugzeug auf dem Kamm der Wellen dahinschösse, »auf der Stufe«, wie die Flieger es nennen. Jetzt ... jetzt ... ich versuchte eine Veränderung des mich umgebenden Geräusches zu erkennen. Aber die Veränderung kam nicht. Das laute Fauchen hielt sich auf der gleichen Tonhöhe, der Motor hatte noch nicht wieder Atem geholt. Getöse und tobende Wasser ... ohne Ende.

Ich schaute auf meine Uhr; zwei Minuten nur, mir war es, als seien es Stunden gewesen. Ich fing wieder an, regelmäßig zu atmen. Wir kamen nicht hoch. Wir kamen nicht einmal »auf die Stufe«. Woran lag das nur? Zu wenig Wind? Übergewicht? Beides? Und was sollte nun geschehen?

Mein Mann öffnete die Drossel. Das Flugzeug neigte sich leicht. Dann drehte es sich langsam und schwerfällig. Langsam und schwerfällig trat es den Rückweg an, entlang der langen, weißen Kielwasserspur, die wir hinterlassen hatten; eintönig brummte der Motor, die Tragflächen wippten hin und her.

Aber wir würden es wieder versuchen.

»SONNE UND STERNE SIND MEIN...«

Wir fuhren mit unseren Bündeln zum Haus des Gouverneurs zurück. Die Straße war nun voll Menschen. Bunte Baumwollgewänder und wehende Röcke, Turbane und Strohhüte; das Klingeln von Fahrradglocken, das Schlurfen nackter Füße, ein ununterbrochenes summendes Stimmengewirr; ein Gemisch verschiedenster Gerüche, von Staub, von Tieren, von Speisen, die irgendwo gekocht wurden, von Hühnern, die man in Körben zum Markt trug. Überall war Leben, überall Bewegung. Jeder war geschäftig, jeder hatte zu tun... nur wir nicht. Vor uns gähnte ein leerer Tag, ein Tag, der uns nicht bestimmt gewesen war. Wir hätten in der Luft sein sollen, allein, weit entfernt schon von Bathurst, irgendwo über dem Ozean auf unserem Wege nach Natal.

Was sollten wir nur mit diesem eingeschobenen, ungewünschten Tag anfangen? Das plötzliche Nichtstun, das Nachlassen der Spannung machte uns schlaff und müde. Denn wir kämpften nicht mehr, weder gegen die Zeit noch gegen den anbrechenden Tag, weder gegen die Wogen noch gegen das Gewicht des Flugzeugs.

Als wir die Stufen zum Regierungsgebäude hinaufstiegen, kamen wir uns wie Gespenster vor. (Das sind ja nicht wir... wir sind ja gar nicht in Bathurst. Wir fliegen doch heute über den Atlantischen Ozean.)

Der Gouverneur und seine Frau hatten ein Frühstück für uns vorbereitet. »Was ist passiert? Sie konnten nicht starten? Lag es am Wind?«

Wir berichteten und schilderten unseren ersten, mühsamen Versuch. Sie hörten mit Interesse und Mitgefühl zu.

»Was für ein Pech. Und jetzt...?«

»Jetzt warten wir auf Wind. Sobald er nur ein bißchen weht, wollen wir starten.«

Als wir jetzt davon sprachen, schien das alles gar nicht so schwer. Die eigenen Probleme sehen in den Augen anderer immer viel leichter aus. Die anderen hören nur die Worte und machen sich ihr entsprechendes Bild. Die eigenen Folgerungen aber beruhen nur zum Teil auf Tatsachen, die sich in Worte fassen lassen, zum größeren Teil vielleicht auf unbestimmten und unbestimmbaren Faktoren, auf Faktoren, die man zuweilen selbst kaum erfaßt hat und die einen dennoch beeinflussen.

Vielleicht, suchte ich mich halbwegs zu überzeugen, hatten wir wirklich nur gerade diesmal Pech gehabt. Der Wind hatte sich gerade gelegt, als wir das Gewicht vermindert hatten. Beim nächsten Versuch würden wir sicher glatt starten können.

»Heute abend oder morgen früh werden Sie doch bestimmt genug Wind haben, glauben Sie nicht?«

»Sicher, sicher ... bis dahin müssen wir eben warten, das ist alles.«

Wir beendigten unser Frühstück und legten uns hin, um uns ein wenig auszuruhen. Wenn wir heute abend losfliegen wollten, brauchten wir Schlaf. Wir vergaßen den langen Tag, den wir schon hinter uns hatten, und begannen einen neuen. Heute abend oder morgen früh würden wir den Atlantik überfliegen.

Am Spätnachmittag (»Noch kein Wind im Hafen?« »Nein, noch nicht«) fuhren wir zu dem auf einem Vorgebirge gelegenen »Cape House« hinaus. Das Auto führte uns durch einen wundervoll schattigen Park voll wirr durcheinander wachsender blühender Schlinggewächse, purpurroter Bougainvilleas, gelber Allamandas. Wir schwammen in einem Pool und blickten, ruhevoll auf einer Terrasse sitzend, weit auf das Meer hinaus. Tee in Thermosflaschen, weiche Kissen ... zu unseren Füßen die verdämmernde Welt ...

Die Klippe stürzte unter uns jäh ins Meer. In einem großen,

weiten Bogen floß die See mit dem Himmel zusammen. Keine Erhebungen am Horizont, keine Inseln unterbrachen die glatte Fläche, die sich wie schwere gerippte Seide bis zum Ende der Welt spannte. Nur eine einzige Landzunge – der Wipfel einer Palme, die zackigen Umrisse eines Felsens – erstreckte sich wie ein letztes, klargeformtes Wort in das weite Dunkel des stummen Ozeans hinaus.

Der Himmel war klar und durchsichtig wie ein bernsteinfarbenes Getränk; nirgendwo ein Wölkchen, nirgendwo ein Dunstschleier. Die Sonne sank, eine ferne goldene Kugel, durch die flüssige Weite des Himmels hinab in die Fluten des Meeres. Kein Tagrest blieb zurück, keine unbestimmten Zwischenfarben, kein letzter Widerschein der untergegangenen Sonne. Es war Tag gewesen; nun war es Nacht. Unsere Augen, bis an den Rand gefüllt mit hellem Himmel, wandten sich dem Land zu: es war dunkel geworden. Und als unser Blick sich nun wiederum dem Meer zuwandte, überkam uns Staunen, denn die Flut war wie Samt, über den eine Hand strich, mit einem Male dunkel geworden; und nun ein Blick zum Himmel hinauf, dessen seidene Fläche übersät war mit blaßsilbernen Pünktchen.

So unmerklich kam die Nacht, so friedvoll. Ganz ohne Kampf. Erde, Meer, Himmel ... heute morgen waren wir allen dreien nahe gewesen, hatten gegen alle drei gekämpft. Warum nur? fragte ich mich erstaunt; mir kam das ganz unglaubhaft vor ... jetzt, da sich alle drei – Erde, Meer, Himmel – in ruhiger Schönheit vor uns ausbreiteten.

Die Wellen, nun nicht mehr unsere Gegner, schlugen tief unter uns in ruhigem, wohltuendem Gleichmaß gegen die Klippen. Weder Dunkelheit noch Licht, der kostbare, hart umkämpfte Schatz, waren am Himmel, der uns jetzt nur noch schön erschien. Die Natur war nun nicht mehr der ungerechte Gegner. Sie verteilte ihre Gaben gleichmäßig, an uns, die wir hier auf der Terrasse saßen, an ein Schiff, das jetzt erst als winziges Lichtpünktchen am Horizont sichtbar wurde, an jene letzte Landspitze, die sich dort ins Meer erstreckte, an den von hier aus unsichtbaren Hafen in Bathurst. Die Schönheit der Erde, des Himmels und des Wassers lag friedlich zu unseren Füßen, war unser.

> Das Licht und der ferne Himmel,
> die Erde, das weite Meer,
> Sonne und Sterne sind mein,
> wenn ich ihrer begehr.

Denn nun blickten wir nicht mehr auf die Erde und das Meer hinab, sondern hinauf zu den Sternen. Sinnend schweifte mein Blick zuerst über das Land, dann weiter über das Meer, und endlich weit ausholend über den Himmel. Arcturus, Aldebaran, Alpheratz ... diese Namen klangen in mir auf wie die halb im Gedächtnis gebliebene Zeile eines Verses. Aber ich sah keinen der Sterne, die ich kannte. Ich hielt nicht Ausschau nach Sternen, nach denen man den Kurs bestimmt, nur nach den glitzernden Punkten, die sich hervortrauen, ehe der ganze Himmel von Sternen übersät ist. Blaß sind sie zuerst und scheu – sie verschwinden, wenn du sie anschaust – doch allmählich erhellen sie das Dunkel ... besiegen es. Sie, und nicht das Dunkel, sind der Himmel. Und während du zu ihnen emporstarrst, ergreifen sie Besitz von dir, ziehen dich empor, bis du dich nicht mehr mit der Erde verwurzelt fühlst. Arcturus, Adelbaran, Alpheratz ... oh, könnte man dort oben bei euch sich schwebend im Gleichgewicht halten. Von solch erhabenem Stützpunkt aus könnte man die Welt, ein zweiter Atlas, auf den Schultern tragen. Geschützt von ewigen Sternen, bräuchte man keinen Kampf zu scheuen ...

Wieder blickte ich auf das dunkle Meer hinaus. Plötzlich spürte ich ein kühles, kraftvolles Wehen, das mir ins Gesicht strömte, an meinen Ohren vorbei, durch mein Haar. Es war ... Wind! Und Erde, Himmel, Meer, alles war vergessen, nur noch *ein* Element lebte in meinem Bewußtsein ... der Wind.

Wie eine vertraute Stimme, die durch leichten Schlummer zu uns dringt, weckte uns der Wind, und wir erwachten, fuhren jäh auf aus unseren Träumen, waren wieder die, die wir sein mußten. Wir legten unsere Rüstung an, halb schlafend noch, doch entschlossen zu handeln.

»Wind ... starker Wind!«

Wir sprangen auf und beugten uns über das Geländer.

»Sieh nur ... dort unten ... ich glaube, das sind richtige Wellen ...«

»Ja«, nickte Charles. »Um Mitternacht starten wir!«

BEI MONDLICHT

»Alles in Ordnung?« Mein Mann band die Vertäulaterne vom Flugzeug los.

»Jawohl, alles in Ordnung.« Ich wandte mich in meinem Sitz halb um und streckte den Arm aus, so daß das Licht auf meine Armbanduhr fiel. 11.30 ... Wir waren wieder auf dem Wasser, in unserem Flugzeug, noch an der Boje vertäut, aber bereit, um Mitternacht zu starten. Wir kämpften wieder, wir waren bereit, es mit den Wogen aufzunehmen wie heute morgen. Nur war es jetzt Nacht; Dunkel umgab uns.

Auch heute morgen war es dunkel gewesen, aber leichte Dunkelheit ohne Dauer, eine zurückweichende Flut. Die ganze Zeit über hatten wir uns zum Licht vorgekämpft. Vorübergehende Blindheit war zu ertragen, denn jede Sekunde brachte uns dem Sehen näher. Jetzt aber war es anders. Tief, unergründlich tief flutete Nacht um uns. Es gab kein Entweichen. Wir mußten in der Dunkelheit arbeiten und mit ihr. Wir mußten uns mit der Nacht vertragen.

Wohl schien der Mond, aber heute war er nicht mehr voll wie gestern. Ich kam mir mit einem Male seltsam fremd auf der Erde vor, wieviel weniger als bei Tag sieht man doch bei Nacht, selbst wenn der Mond scheint. Es war hell genug, um einen Weg entlang zu gehen. Man brauchte sich nicht davor zu fürchten, irgendwo anzustoßen. Selbst die kleinen Steine unter den Füßen, vom weißen Mondlicht übersilbert, waren zu erkennen. Aber diese Steine waren nahe. Sobald man auf Dinge blickte, die ein wenig weiter entfernt waren, nahm das Sehvermögen erschreckend schnell ab. Als wir jetzt vom Wasser aus auf die Küstenlinie zurückschauten, konnten wir nur den uns umgebenden Hafen sehen, und selbst den nur undeutlich; die sich vom Himmel abhebenden Umrisse der Bäume, nicht aber ihre Körperlichkeit, nicht ihre Entfernung voneinander; das Grauschwarz der Mole, die sich weit hinaus in das tiefschwarze Wasser erstreckte, nicht aber das Material, aus dem sie gebaut war. Die Welt war beleuchtet, aber schlecht beleuchtet. Die Beleuchtung genügte für eine langsame Bewegung, für einen seines Weges gehenden Menschen, auch wohl für das gemächliche Traben eines Pferdes. Nicht aber für Menschen, die in einem Flugzeug dahinsausten, denen bei solchem Tempo die undeutlich sichtbaren Objekte ringsumher schattenhaft ineinander verschwimmen mußten. In einer vom Mond beleuchteten Welt gibt es keine Schärfe, keine Genauigkeit. Bestenfalls könnte man tastend suchen. Das aber darf der Flieger nicht.

Auch die Straßenlaternen boten nicht viel Hilfe. War man ihnen ganz nahe, so erleuchteten sie den kleinen Kreis rings um sich her recht gut, auch ein Tor, die Ecke eines Schuppens, eine Leiter. War man jedoch etwas weiter von ihnen entfernt, so waren sie nur noch Laternen, ziemlich zwecklose Lichter. Nur noch Wegweiser, die besagten: hier ist eine Ecke, hier ist ein Weg, hier ist ein Dock. Dort drüben verzitterten die Lichter in länglichen, unregelmäßigen Streifen. Dort waren sie nur noch Widerschein, überhaupt keine Lichter mehr. Dort drüben war also Wasser. Aber wo begann das Wasser, wo endete das Land? Es gab keine klaren Grenzlinien.

Wo ging das Land in den Himmel über? Aufblickend sah ich dunkle, unbestimmte Massen, Bäume und Dächer sich vom weniger dunklen Himmel abheben. Dann ... dort drüben begannen die Sterne. Da war also Himmel, ohne jeden Zweifel. Man konnte wahrhaftig den Horizont sehen, aber ungenau. Nirgendwo hoben sich Einzelheiten scharf ab, nur das silberne, vom hellen Strahl des Mondes metallisch ausgeschnittene Wellengekräusel. Wie konnten wir in solch einer seltsamen Welt starten?

Hier, im Cockpit, war es weniger geheimnisvoll, weniger

absonderlich. Tastend konnte ich mich zurechtfinden. Alles an seinem Platz? Die Funktaste ... die Kopfhörer ... der Abdriftmesser ... die Sende- und Empfangsgeräte. Ich berührte ein Stück nach dem andern, um mich zu beruhigen; gewiß konnte nichts fehlen, aber ich wollte mich vergewissern, daß in diesem meinem Reich alles so war, wie es sein sollte. So, jetzt wollte ich meine Sachen verstauen, mein Schreibmaterial bereitlegen, die ersten Worte für meinen nächsten Funkspruch niederschreiben.

Denn wir würden ja bald starten. Charles hatte schon die Laterne losgemacht und sie den Leuten im Boot hinübergereicht. Jetzt war auch der schwache Schein dieses Lichtes verschwunden. Ich hatte kein künstliches Licht. Hatte Charles im vorderen Cockpit Licht angedreht? Ich beugte mich vor, um besser sehen zu können. Die leuchtenden Zifferblätter des Armaturenbretts, die silbern schimmernden Ziffern und Zeiger hoben sich vom Dunkel ringsumher ab wie über dem Führersitz schwebende körperlose Gespenster. Ja, dies waren seine Augen, mit deren Hilfe er fliegen konnte. Das hatte ich vergessen.

Die Tragflächenlichter flammten auf; rot an der Spitze des linken Flügels, grün an der des rechten ... Zündhölzchenlichter in der Nacht. Der Motor sprang knatternd an; welch tröstlicher, vertrauter Laut in dieser seltsamen Welt. Langsam drehte sich das Flugzeug; die Lichter am Ufer schwankten hinter uns, als wir nun auf die dunkle Bucht zusteuerten. Als ich zurückblickte, verschwammen die dunklen Massen der Boote und Docks, der Häuser und Bäume in einen einzigen Schatten, das Land; ein dunkles Band mit glitzernden Lichtpunkten zwischen dem schwachbestirnten Himmel und dem dunklen glanzlosen Wasser.

Vor uns lag helles Mondlicht auf der Wasserfläche, eine trügerische Helle, die leuchtete, aber wenig Sicht bot. Wir steuerten geradewegs darauf los. Bald aber wendeten wir; die Lichter an den Tragflächen tauchten ein, als wir die Wellen überqueren. Wir fuhren mit dem Wind, um vor Erreichen der Startbahn in Schwung zu kommen. Die Stadt war nun zu unserer Rechten, das offene Meer und der Mond hinter uns. Das Wasser, die Linie des Horizonts, die Spitzen der Bäume wurden von einem schwachen Lichtnebel überstreut. Wir fuhren geradewegs in diesen absonderlichen, unbestimmten Glanz hinein. Aber unsere Startrichtung war das nicht. Unser Abflug mußte in entgegengesetzter Richtung stattfinden.

Ich hörte das schnellerwerdende Knattern des Motors und das antwortende Rauschen der von den Schwimmern aufgewühlten Wassermassen. Mein Mann hatte mehr Gas gegeben. Nun kontrollierte er die Instrumente, die hellen Ziffern inmitten der Dunkelheit. Wir mußten beinahe bereit zum Wenden sein. Wieder ein Fauchen des Motors. Wir waren am Anfang der Startbahn angelangt, fertig zum Drehen. Das Flugzeug schwankte ... ein leichter Zug am Hebel ... jetzt der Maschine freien Lauf lassen ... ja, sie schwang sich langsam, schwerfällig zwar, doch unbeirrbar – in den Wind.

Wir waren startbereit. Ich konnte jetzt sehen, wo wir uns befanden. Die schwache Lichterkette zu unserer Linken war die Stadt. Das dünne schwarze Band rechts war das gegenüberliegende Ufer. Vor uns, dort, wo die Linie allmählich verschwamm, mußte der Ausgang der Bucht sein. Und da war ja auch der Mond, voll und hoch und leuchtend, nicht genau uns gegenüber, sondern ein wenig weiter rechts. Sein funkelnder Schein fiel auf das gegenüberliegende Ufer, auf die Wellen in der Bucht, auf die glitzernden Tragflächen, auf den glänzenden Windschutz des Cockpits, auf unsere Gesichter. Ein einziger schmaler Lichtstreifen in einer dunklen Welt, ein einziges Guckloch in die Nacht hinaus, das war alles, auf das wir uns verlassen konnten. Mit diesem bißchen Helligkeit mußten wir starten. Unser eigener Weg führte nicht diesen hellen Lichtpfad entlang, aber wir mußten ihn uns zunutze machen, wie ein Mensch in einem dunklen Zimmer sich des Nachts mit Hilfe eines einzigen durch die Fensterläden dringenden Lichtstrahls Wände, Türen, Tische und Stühle aus der ihn umgebenden Finsternis vorstellen muß. Über wieviele verschiedene Dinge mußte dieser mondbeglänzte Streifen dem Piloten Auskunft geben ... über Wind und Wellen, über Fahrtrichtung und Geschwindigkeit, über Höhe und Neigungswinkel.

Mitten in die Finsternis hinein mußte der Pilot sich stürzen, nur geleitet von jenem Silberband zu seiner Rechten. Mir fiel ein, daß wir schon früher so geflogen waren; zwar waren wir noch nie bei Mondschein vom Wasser aus gestartet, wohl aber bei Tag, wenn das Wetter keine Sicht zuließ. Zuweilen hieß es dicht an einem Gewitter vorbeizufliegen; vor uns war es stockdunkel, rechts vor uns nur blinkte ein Stückchen sonnengetupftes, regenfreies Feld. Grün ... an dieses Fleckchen Grün müssen wir uns halten, das wird uns durchbringen. Sehr viel Zuversicht gehört dazu, dachte ich jeweils, während dichter Regen gegen die Windschutzscheibe prasselte, um nur von einem winzigen Stückchen Grün geleitet zu fliegen. So ähnlich war es früher, wenn man als Kind durch einen dunklen Gang lief, den Blick auf das Licht in einem entfernten Zimmer geheftet. Heute nacht aber war es schlimmer. Dies *war* der dunkle Gang, und wir mußten weiter, ohne andere Hilfe als die seitliche Wand, an der wir, mit den Händen tastend, unseren Weg suchten.

Das Dunkel ... das Dunkel ... alle Angst des Kindes vor der Dunkelheit überfiel mich. Was verbarg sich in der Dunkelheit vor uns? Wie konnte Charles sehen? Wie konnte er das Flugzeug in der Gewalt behalten? Eine Tragfläche würde sich im Wasser verfangen. Wir würden kippen, ins Meer stürzen, ertrinken ... das Flugzeug neulich an der portugiesischen Küste ... wenn es nur nicht so dunkel wäre ... nur eine Sekunde lang hell ... wenn nur ...

»Fertig?«

»Ja, fertig.«

In das Getöse, in die aufsprühende Gischt, in die Dunkelheit waren wir in dieser Nacht tiefer noch als sonst eingehüllt, raupengleich in einen Kokon eingesponnen. Nichts war zu sehen ... gar nichts. Aber fühlen konnte es mein Mann, das hatte ich vergessen. Auch ich spürte nun den mächtigen Auftrieb, den das Flugzeug an der Wasserwand erhielt, das Vorwärts, das Aufwärts. Bis ins Innerste gespannt, hielt ich den Atem an. Diesmal würden wir loskommen. Was ist das ... brennt das Ende der Tragfläche? Nein ... nur Schaum sprüht an dem roten Licht vorbei. Wie kann Charles nur sehen ... irgend etwas, und wenn es nur der Mondschein auf dem Wasser war? Doch ... über uns ...? Über uns leuchteten hell die Sterne. Hoch über diesem Tohuwabohu schwebten sie ewig und unabänderlich. Von ihnen konnte er sich leiten lassen ... Arcturus, Aldebaran ...

Jetzt ... waren wir außerhalb der schäumenden Gischt. Die Maschine war »auf der Stufe«, sauste pfeilgerade über das Wasser. Und vor uns ... neben uns raste die Lichtbahn des Mondes, hielt gleichen Schritt mit uns, beleuchtete unseren Weg, eine freundliche, uns wohlgesinnte Himmelsmacht. Sie war uns sogar immer ein Stückchen voraus, wir konnten sie so wenig überholen, wie wir damals als Kinder in der Eisenbahn den Mond überholen konnten.

Doch jetzt ... jetzt änderte sich das Geräusch des Motors. Das Brüllen wurde schwächer. Charles zog am Gashebel. Das Flugzeug schien einen Augenblick still zu stehen, dann senkte es sich. Von dem silbernen Weg, von der Rennbahn hinab in die Mulde des Wassers. Die Wellen umspülten uns, stießen uns hin und her. Das Flugzeug schwankte unsicher. Der Motor winselte. Wir schafften es also nicht.

Aber warum nicht? Was war los? Ich saß da, hielt meine Funkertasche noch immer fest umklammert. Wo fehlte es denn jetzt wieder? Wir hatten guten Wind ... besseren als je zuvor. Er wehte so stark, daß ich sogar meinen Sweater anbehalten hatte. Wir waren auch »auf die Stufe« gekommen. Der Mond hatte uns geleitet. Warum konnten wir nicht hochkommen? Wenn mein Mann es mir wenigstens erklären, wenn er nur etwas, irgend etwas sagen würde. Aber ich darf nicht fragen. Wir waren noch mitten drin. Nie fragen, wenn die Gefahr noch nicht vorüber ist. Das verwirrt. Er hat an genug anderes zu denken. Aber wenn er nur einmal den Kopf drehen würde; vielleicht könnte ich an seinem Profil erkennen, was geschehen war.

Doch er sah sich nicht um; er blickte immer geradeaus. Er wendete das Flugzeug, das langsam, schwerfällig auf den Wellen dahinrollte. Der Mond glitt jetzt hinter uns her; die Lichter am Ufer tauchten wieder auf. Wir waren auf dem Rückweg.

AN DIE ERDE GEKETTET

Vor uns tauchte das Ufer auf; es hob sich dunkel vom Himmel, später dann hell vom Wasser ab.

Woran kann es nur liegen ... was können wir noch tun? fragte ich mich. Noch mehr Treibstoff zurückzulassen, war nicht möglich. Das wäre zu gefährlich gewesen. Sollten wir auf Wind warten ... warten und immer noch länger warten? Aber gab es in Bathurst überhaupt jemals richtigen Wind? Und der Mond war im Abnehmen. Sollten wir hier einen Monat lang auf den nächsten Vollmond warten? Sollten wir alles, was nicht unbedingt notwendig war, aus dem Flugzeug entfernen, die Fußbodenbretter herausreißen, unser Gepäck über Bord werfen und es nochmals versuchen? Sollten wir es von einem anderen Küstenort aus probieren? Dakar kam natürlich nicht in Frage. Aber vielleicht Portugiesisch-Guinea oder Liberia? Was gab es sonst noch? Doch immer wieder drängte sich mir die angstvolle Frage auf, ob wir überhaupt mit ausreichendem Treibstoff hochkommen würden?

Keine dieser Fragen konnte ich meinem Mann stellen. Zunächst einmal hätte auch er keine richtigen Antworten darauf gewußt. Außerdem aber wäre es auch unfair von mir gewesen, mit meiner Neugierde an Fragen zu rühren, die er sich erst selbst einmal beantworten mußte. Allmählich, gleichsam im Dunkeln, würden die Antworten auf diese unausgesprochenen schon heranreifen. Ich mußte warten, sie nicht gewaltsam an die Oberfläche zerren, sonst würden sie welken, blasse Keime, die das Licht des Tages nicht vertragen können.

Und dann waren wir heute nacht auch zu müde, viel zu niedergeschlagen und erschöpft. Hätten wir diese Müdigkeit auch gespürt, wenn der Abflug gelungen wäre? Lag ihre Ursache in der Arbeit dieses Tages, oder war es nur das niederdrückende Gefühl des Mißerfolges, das uns so schwerfällig, so erdgebunden machte wie das überladene Flugzeug? Eine einzige Frage wäre schon zuviel gewesen. Das leiseste Wort, der leichteste Zweifel schon wäre mehr gewesen, als wir hätten ertragen können und hätte uns vollends in den Abgrund der Verzweiflung gestürzt.

Der Motor surrte durch das Dunkel; die Schwimmer zogen ihre Spur immer weiter durch das Wasser. Wir kamen nun schon in den engen Hafen. Die Umrisse des Landes wurden deutlicher. Docks tauchten aus dem Dunkel auf. Häuser standen viereckig gegen den Himmel. Ein paar Maste ragten im unbestimmten Schein des Mondes auf. Lichter blinkten an uns jetzt schon wohlbekannten Stellen: an der zur Stadt führenden Straße, an der Mole, bei der Boje ... dann dort vorne die flackernde Laterne in dem kleinen Ruderboot. Alles war so trostlos gleich geblieben. Auch wir selbst, die wir nun wieder dem Ufer zusteuerten. Nichts hatte sich ereignet. Wir konnten nicht loskommen.

Auch die Hafenwächter waren noch da; ich hatte nicht geglaubt, sie je wiederzusehen. Noch jemand stand dort am Ufer; deutlich konnte ich die Umrisse der Gestalten erkennen. Hoffentlich nicht der Gouverneur und seine Frau. Ich hätte es nicht ertragen, ihnen heute nacht zu begegnen, gütige Worte des Mitgefühls zu hören.

Mein Mann stellte den Motor ab. Es war totenstill, als das Flugzeug nun auf die Boje zutrieb. Wie sehr fehlte dieser Nacht das Leben! Hier im Hafen war der Wind, war jegliches Geräusch, jegliche Bewegung erstorben. Charles kletterte stumm zum Schwimmer hinunter und machte das Flugzeug fest. Ich zog die Bündel aus dem Gepäckraum und reichte sie den Boys, ohne ein Wort zu sprechen. Dann stiegen wir ins Boot. Nun saßen wir auf der hinteren Bank, unsere Bündel fest an uns gedrückt. Schweigend ließen wir uns an Land rudern.

Einer der Engländer, der auf uns gewartet hatte, stand auf der Mole. Wortlos nahm er unsere Bündel entgegen und half uns beim Erklimmen der Leiter.

»Was hat denn diesmal nicht geklappt, Oberst?« fragte er freundlich, als wir unsere Sachen genommen hatten und mit dem Rücken zum Meer dastanden. Seine Stimme klang geduldig und sanft wie einstmals Großmutters Stimme, wenn man beim Nähen einen Knoten in den Faden gemacht hat. Ebenso ruhig und selbstverständlich ... »Na, was ist denn jetzt wieder, Anne, wieder einmal den Faden verknüpft?«

»Weiß nicht ... Überbelastung wahrscheinlich«, antwortete mein Mann so unbekümmert wie möglich. »Wir sind früher schon mit viel schwererer Ladung hochgekommen.« (Also auch er kann das nicht begreifen.) »Hier in den Tropen müssen die Verhältnisse anders sein; vielleicht liegt es an der Luftfeuchtigkeit.«

»Hm ... ja, es ist sehr feucht heute«, bemerkte der Engländer entgegenkommend.

Beim Tor wartete der Wagen des Gouverneurs. Im fahlen Mondlicht gingen wir die Mole entlang; unsere Schritte hallten durch die Stille.

Die Tür des Autos schlug in der Dunkelheit krachend zu. Der Motor surrte.

»Na, wir wollen die Sache mal überschlafen«, sagte mein Mann und beugte sich vor, um dem Engländer die Hand zu reichen.

»Ja, das ist in solchen Fällen immer das beste«, nickte der Mann. »Gute Nacht.«

Es war ein Uhr vorbei. Während der Fahrt lehnten wir, starr vor uns hinblickend, in den Kissen. Noch immer hielt ich die Funkertasche im Schoß. Die Straßen waren menschenleer. Der Geschwindigkeitsmesser stieg und fiel, je nachdem, ob wir schnell gerade Strecken fuhren oder langsamer um Ekken bogen. Auf Steinbänken am Marktplatz schliefen ein paar zusammengekauerte Gestalten. Die Stadt war tot.

Leise schlichen wir uns in das Regierungsgebäude. Niemand war wach, Gott sei Dank. Die Treppe hinauf mit unseren Bündeln. In unser Zimmer. Der Haufen zurückgelassener Ausrüstungsgegenstände starrte uns entgegen, als wir die Türe öffneten.

Endlich sprach Charles. »Wenn man zu müde ist, neigt man dazu, zuviel zu riskieren. Das verursacht die meisten Unfälle.«

Was für eine Erleichterung für mich, ihn sprechen zu hören, wenn auch seine Lippen hart zusammengepreßt waren. (»Mehr als das Menschenmögliche kann man nicht tun«, pflegte er zuweilen zu sagen.) Wenn er nur sprach ... dann war alles nicht so schlimm.

»Wir werden uns schon irgendwie helfen«, fügte er lächelnd hinzu.

Wir werden's ihnen schon noch zeigen, empfand ich, ohne mir eigentlich etwas Rechtes zu denken; jedenfalls hatte ich plötzlich wieder Mut. Wem wir es zeigen wollten, wußte ich freilich nicht genau ... vielleicht dem Hafen von Bathurst, unserer Ladung, der Feuchtigkeit, dem Wind, am Ende gar dem Engländer am Dock.

Aber ich fragte nicht, auf welche Art wir uns helfen würden. Schweigend gingen wir zu Bett und zogen uns das Dunkel, das tröstende Dunkel, über den Kopf.

WIR VERSUCHEN UNS ZU HELFEN

Als wir am nächsten Morgen erwachten, schlaftrunken, müde, mit wirrem Kopf, erwartete uns auf dem Frühstückstisch ein ganzer Stoß Telegramme. Anscheinend waren wir doch nicht »zwei Menschen allein auf dem Meer« gewesen. Anscheinend waren unsichtbar sehr viele andere Leute zugegen gewesen, die im Gegensatz zu uns ganz genau wußten, wo der Fehler lag, und die nun mit guten Ratschlägen nicht sparten. Einige der Mitteilungen waren sogar wirklich hilfreich für uns, andere wieder waren nur komisch, alle aber zeugten von einer mehr oder weniger großen Unkenntnis der tatsächlichen Verhältnisse.

»Wahrscheinlich haben die Zeitungen wieder alles mögliche über uns geschrieben«, sagte ich seufzend.

»Daß es den Journalisten gelungen ist, die Propellerfabrikanten in Aufregung zu versetzen, das steht einmal fest«, meinte mein Mann. »Da, lies nur: ›*Presse berichtet, Sie benutzen Holzpropeller*‹ – wo haben sie bloß die Idee her? – ›*Erbitten Telegramm, warum Metallpropeller ungeeignet.*‹«

»Stimmt«, sagte jemand am Frühstückstisch, »die Zeitungen haben wirklich berichtet, man habe Oberst Lindbergh gesehen, wie er die Splitter von seinem Holzpropeller weghobelte.«

»Splitter!« rief ich aus. »Glauben die Leute vielleicht, daß wir in einem Modellflugzeug herumfliegen?«

»Hier ist ein Telegramm von den Lieferanten der Schwimmer: ›*Raten Schwimmer auf Entenmuscheln zu untersuchen.*‹«

Ich blickte erstaunt auf. »Hältst du es für möglich, Charles, daß sich Entenmuscheln an die Schwimmer gesetzt haben?«

»Glaub ich nicht«, antwortete mein Mann. »Das Flugzeug war nicht lange genug in tropischen Gewässern. In den Gegenden hier kommt das allerdings vor.«

»Entenmuscheln!« rief ich entgeistert. »Jetzt müssen wir auch noch auf Entenmuscheln aufpassen; womit muß man beim Fliegen denn noch rechnen.«

»Auch von der Motorenfabrik ist ein Telegramm gekommen«, fuhr mein Mann fort, »die Herren raten uns, den Flug aufzuschieben, bis sie diesen Motorentyp noch einmal genau geprüft haben. Sie halten es für möglich, daß da irgend etwas nicht in Ordnung sein könnte...«

»Ach, wirklich?« warf ich ironisch ein. »Der Gedanke kommt ihnen ein bißchen spät...«

»Na, jedenfalls werden wir den Flug nicht aufschieben«, sagte mein Mann, bei dem der Optimismus wieder die Oberhand gewonnen hatte. »Dem Motor fehlt nichts. Ebensowenig den Schwimmern und dem Propeller. Wir werden uns schon helfen.«

»Hast du vielleicht irgendwo einen Ersatzmond oder einen kleinen künstlichen Sturmwind?«

»Das nicht«, lächelte er, »aber wir können die Ladung immer noch sehr stark vermindern.«

»Ja, wie denn? Du kannst doch nicht noch mehr Benzin herauspumpen?«

»Nein, Benzin nicht«, entgegnete Charles, »aber wir haben mehr Öl, als wir brauchen. Es ist allerdings ziemlich viel Arbeit, es herauszuholen. Deshalb habe ich mich bisher nicht damit befaßt... schien mir kaum der Mühe wert zu sein. Jetzt aber kommt es auf jedes Pfund an, beinahe auf jedes Gramm.«

»Allerdings. Unsere Kleider zum Beispiel – sechzehn Pfund pro Person – könnten wir zurücklassen«, rechnete ich aus. »Dann die Kamera und den Film; die sind allerdings nicht schwer. Es wäre auch schade...«

»Stimmt, aber diese Sachen sind nun einmal nicht unbedingt notwendig. Wir können uns wirklich nicht den Luxus erlauben, Dinge mitzunehmen, die wir nicht brauchen. Auch einen Teil des Reserveproviants können wir entbehren ...«

»Sonst noch was?«

»O ja, vorne den leeren Benzintank, vor dem Gepäckraum ... gleichfalls unnötiges Gewicht. Den kann ich herausschneiden. Du wirst erstaunt sein, wieviel wir noch an Gewicht einsparen können.« Er erhob sich, um zum Hafen zu gehen.

»Eigentlich sind all diese Erfahrungen sehr interessant«, meinte er, als er sich bei der Tür lächelnd umwandte.

Es war schon fast Abendessenszeit, als mein Mann ins Haus des Gouverneurs zurückkam.

»Du siehst entsetzlich müde aus«, sagte ich, als er, mit Ausrüstungsgegenständen beladen, in unser Zimmer trat.

Er nickte. »Die Arbeit im Flugzeugrumpf war scheußlich ... besonders die Benzindämpfe ... ich habe Kopfschmerzen davon bekommen. Dafür sind wir aber auch eine Menge Gewicht losgeworden, fast zweihundert Pfund, glaube ich.«

Er stellte die Bündel auf den Boden und sah geradezu triumphierend auf. »Der Tank muß allein fast hundert Pfund gewogen haben und das Öl gegen dreißig. Dann der Sack mit Lebensmitteln hier«, er hob ihn hoch und lehnte ihn gegen den schon recht großen Haufen ausgeschiedener Sachen, »der muß auch seine dreißig Pfund wiegen.«

»Großartig!«

»Dann beinahe zehn Pfund Werkzeug«, fuhr Charles fort und rechnete dabei im Kopf die Ziffern zusammen. »Ich habe fast alles herausgenommen, bis auf ein paar Schraubenschlüssel, eine Drahtzange und einen Schraubenzieher.«

»Und was hast du da ... den Schlafsack?« fragte ich.

»Ja, der würde auf dem Meer nur naß werden. Wir haben ja noch unsere Wollsachen.« Er legte den Rest der ausgeschiedenen Gegenstände auf den Haufen; die Motorkurbel, eine weitere Kanne Tetraäthylblei, die Werkzeuge und etwas Munition.

»O Gott ... was ist denn überhaupt noch im Flugzeug?«

»Alles, was wir für eine Notlandung auf dem Meer brauchen«, erwiderte mein Mann fest, »davon habe ich gar nichts weggenommen. Von der Landausrüstung habe ich einiges entfernt, aber die ist nicht so lebenswichtig ... übrigens bleibt uns noch ein Revolver und unsere Taschenapotheke.«

»So ... hier sind die Kleidungsstücke, die Kamera und ein paar Funkerbroschüren, die ich für dich aufbewahrt habe. Steht es also fest, daß wir heute abend abfliegen?«

»Ja, das steht fest, aber komm, gehen wir jedenfalls noch einmal zum Pier hinüber.«

Die schwarzen Schildwachen gingen leise vor dem Tor des Regierungsgebäudes auf und ab. Dunkel ragten die Palmen in den drückenden Himmel. Auf der Mole war es kühl, obgleich das Meer in der Bucht ruhig war. Keine Welle kräuselte sich auf der geheimnisvoll daliegenden Wasserfläche. Im Schein der bei den Stufen angebrachten Laterne wartete ich darauf, daß sich im Wasser unter mir etwas rege (»Mantje! Mantje! Timpe Te, Buttje! Buttje in der See ...«) Aber keine silberne Flosse schnellte empor. Heute abend war kein Fisch willens, meine Fragen zu beantworten.

Mein Mann wandte sich um, in der Hoffnung, wenigstens die Spur eines kühlen Windhauches werde seinem glühenden Gesicht Kühlung verschaffen. »Ich glaube«, sagte er endlich, »wir sollten uns heute nacht erst einmal gut ausschlafen und es morgen wieder versuchen.«

»Das halte ich für eine großartige Idee«, stimmte ich zu, ohne einen Augenblick zu zögern.

Der Mond war schon im Abnehmen; morgen nacht würde er noch weniger Licht geben als heute. Vielleicht versäumten wir heute abend sogar einen kräftigen Wind. Aber das schadete nichts. Es gab etwas Wichtigeres als diese beiden Faktoren. Etwas, das zumindest so wertvoll war wie Reservebenzin, günstiger Wind, vermindertes Gewicht, besseres Wetter. Es war etwas, das nicht in Worte gefaßt, nicht gewogen oder gemessen werden konnte, aber ich wußte, daß der Schlaf einer Nacht es uns geben würde.

»HORCH! DER WIND ERHEBT SICH«

Horch! Der Wind erhebt sich,
Jagt bunte Blätter durch das Land...
Mitten am Nachmittag lag ich im Haus des Gouverneurs auf meinem Bett und lernte Gedichte auswendig. Etwas anderes gab es nicht zu tun, denn alles war schon vorbereitet. Charles war eingeschlafen. Das Flugzeug war bereit. Wir hatten gepackt, waren reisefertig. Und ich ruhte mich aus. Wir brauchten die Ruhe, denn am Abend wollten wir unseren letzten Versuch unternehmen, von Bathurst aus nach Südamerika zu fliegen.

»Könnten wir auch morgen abend noch abfliegen?« hatte ich meinen Mann am Morgen gefragt.

»Ja«, hatte er zögernd geantwortet, »doch das wäre auch schon der letzte Termin.«

»Aber du könntest auch morgen früh starten, nicht wahr?« hatte ich mich weiter erkundigt.

»Nein, das nicht, denn, siehst du, der Mond geht jetzt von Abend zu Abend später auf. Wenn wir morgen bei Tagesanbruch abflögen, hätten wir bei unserer Ankunft in Südamerika überhaupt keinen Mond.«

Vor meiner letzten Frage hatte ich gezaudert. »Könntest du auch... ganz ohne Wind hochkommen?«

»Kaum... vielleicht«, hatte er geantwortet.

Also bleibt es bei heute nacht, dachte ich... nein, besser nicht daran denken. Ruhen; schlafen; Gedichte auswendig lernen. Ich öffnete mein Notizbuch.

Horch! Der Wind erhebt sich,
Jagt bunte Blätter durch das Land...
Ich hatte diese Verszeilen abgeschrieben, als wir im Okto-

ber England verlassen hatten; damals, als die letzten Dahlien ihre schweren goldenen Köpfe von den schon schwarz gewordenen Stengeln herabhängen ließen; als Blätter jäh flammend gen Himmel wirbelten, so daß es aussah, als flöge vor unseren Augen ein ganzer Baum empor. Ulmen und Eichen und Buchen, allein der Gedanke daran, ließ ein wenig von dem Frieden des englischen Herbstes in mir lebendig werden.

Wir hatten unseren Sommer...
(Weite englische Wiesen, bis in die Unendlichkeit reichend. Es gab einem Kraft, sie nahe zu wissen.)
Noch ehe der Herbst uns fand!
Vielleicht würden auch diese Verse mir Kraft geben. Kraft, die ich heute nacht brauchen würde, wenn ich unter den Sternen schaukelnd oder vielleicht auch unter einem dunklen Himmel über dunklem Meer dahinjagen würde... falls wir hochkämen...
Die Buchen beugen die Häupter
Und stehen kahl und leer...
(Kupferrot glänzende Blätter, wie Feuer unter meinen Füßen.)
Und stehen kahl und leer...
Das war genug. Der Rest war nicht für uns bestimmt.
Komm, setz dich zu mir ans Feuer
Und wende den Blick vom Meer...
Nein, das durften wir nicht... jedenfalls jetzt noch nicht. Wir hatten noch Arbeit vor uns.
Auf dem die Schiffe der Jugend
Eilen dahin vor dem Wind...
Oh, wenn nur wir solch einen Wind hätten! Einen Wind, gegen den man hart ankämpfen konnte, so als ob man in einem schrägliegenden Boot säße; steif bläht sich das Segel; hart drückt die Ruderpinne gegen deinen schon schmerzenden Arm; deine Füße pressen sich leewärts gegen den Sitz; deine Wangen glühen, aber der Wind streicht kühlend, köst-

lich frisch darüber hin. Und unter dir rauscht, braust, jagt das Wasser.

> Auf dem die Schiffe der Jugend
> Eilen dahin vor dem Wind,
> In lockende Abenteuer ...

Aber das war ja die Küste von Maine, an die ich jetzt dachte. Hier aber war Afrika. Das Moskitonetz über meinem Kopf ... das weiße, stickige Zimmer. Bald würden wir Tee trinken. Und dann zu dem Kap hinausfahren, und dann das Abendessen, und dann ...

Horch! Der Wind erhebt sich ...

Ich stand auf und zog mich an. Ich ging zum Tee hinunter. Mein Mann machte sich auf den Weg zum Hafen.

»Gibt es draußen noch etwas zu tun?« fragte ich.

»Nein«, antwortete er, »ich möchte nur ein bißchen hinunterbummeln und mir die Maschine noch mal ansehen.«

Ich wußte, was in ihm vorging ... nur irgendwie den Nachmittag ausfüllen.

Die Frau des Gouverneurs fuhr mit mir zu dem Park, in dem wir schon neulich gewesen waren. (Wenigstens dort auf dem Kap würde es Wind geben!) Wir stiegen aus und spazierten im Schatten der Bäume. (»Die Buchen beugen die Häupter ...«) Die Bäume hier aber waren keine Buchen. Es waren Kasuarinen, deren lange, wie Peitschen geformte Zweige sich über uns breiteten. Und Stechpalmen gab es und fremdartige graublättrige Bäume, deren Namen ich nicht kannte. Der trockene Rasen knisterte unter unseren Füßen. Stachlige Kakteen ragten wie Speere in den Sonnenschein. Nicht einmal hier regte sich heute ein Windhauch. Die gelben Blüten der Schlinggewächse hingen reglos in der stillen Luft. Insektengesumm durchschnitt die Luft wie das Kreischen einer Säge. Und winzige, metallisch glänzende bunte Vögel flitzten von einem Oleanderstrauch zum anderen; sie waren das einzige Lebendige in diesem leblosen Park.

Ich sah die Vögel, die Oleandersträuche mit ihren lanzettenförmigen Blättern, die von Schlinggewächsen wie mit Stricken gefesselten Bäume kaum. Wie in einer Liebenden alle Schönheit der Natur, alles, was sie sieht, nur den einen Gedanken weckt, »aber er ist nicht hier, um das zu sehen«, konnte ich immer nur das eine denken: »Aber es weht kein Wind, nicht einmal hier«. Nur eines erkannte ich deutlich ... daß die Schlingpflanzen regungslos von den Ästen der Bäume herabhingen, daß nicht ein Hauch durch die Farne zitterte.

Wir stiegen wieder in das Auto und machten uns auf den Rückweg zum Regierungsgebäude. Selbst der durch die Geschwindigkeit unseres Fahrens hervorgerufene Luftzug war mir eine Erleichterung, obgleich er natürlich gar nichts bedeutete. Durch das Wagenfenster betrachtete ich die Wipfel der Palmen, und als wir einen Fluß überquerten, die kleinen Boote (»... eilen dahin vor dem Wind ...«).

Aber diese Boote eilten nicht vor dem Wind dahin. Die Segel hingen schlaff und müde herab; die Boote kamen nicht von der Stelle. Es gab keinen Wind. Alles beobachtete ich daraufhin, den Staub auf der Straße, den Rauch ferner Hütten, die Oberfläche eines Tümpels. Und schließlich blickte ich auf die schlaff um die Fahnenstange vor dem Regierungsgebäude gewickelte Fahne. Wir waren wieder in der Stadt.

Schließlich brach ich mein Schweigen, wie ein Kranker, der endlich mit jemandem über das Leiden sprechen muß, das ihn bedrückt.

»Heute abend gibt es offenbar leider fast keinen Wind«, sagte ich gepreßt.

»Oh, von hier aus kann man das nicht beurteilen«, sagte die Frau des Gouverneurs, bestrebt, uns zu helfen. »Kommen Sie mit mir zur Mole hinunter; überzeugen wir uns selbst.«

Wir eilten zum Hafen und gingen die Mole entlang. Es war kühler hier, aber das Meer war spiegelglatt. Ich hielt die Hand hoch.

»Nein, nicht einmal ein Hauch«, sagte ich.

»Doch, ein bißchen Wind spüre ich«, meinte meine Begleiterin, »aber ich weiß nicht, aus welcher Richtung.« Sie stand nun dem offenen Meer zugewandt.

Ich zog mein Taschentuch heraus. »Gleich werden wir sehen«, sagte ich, »ob es etwas Wind gibt...« Das Taschentuch hing schlaff herab, baumelte leicht in meiner Hand hin und her. »Nein, nicht einmal genug, um ein Taschentuch zu bewegen.« Und mit einem Male schien es mir, als sei solch ein Tüchlein etwas schrecklich Schweres!

Wir gingen zum Regierungsgebäude zurück.

»Sie müssen verstehen, heute nacht ist für uns die letzte Chance«, erklärte ich, »morgen scheint der Mond nicht mehr hell genug. Wenn wir heute abend nicht starten können..., dann müssen wir unsere Pläne ändern.«

»Aber jetzt kann man noch nichts Bestimmtes sagen«, ermutigte mich die Dame, »der Wind kann auch noch nach Sonnenuntergang aufkommen.«

»Ja, gewiß«, nickte ich, aber ich hatte nicht viel Hoffnung. Ich ging in mein Zimmer hinauf und versuchte zu schreiben, zu lesen, zu ruhen.

Horch! Der Wind erhebt sich,
Jagt bunte...

Doch nein, der Wind erhob sich nicht. Er war vollkommen tot. Warum hatte ich gerade dieses Gedicht gelernt? Jetzt konnte ich es nicht mehr loswerden. Den ganzen Abend würde es mich verfolgen, ganz sinnlos immer wieder aufs neue in mir aufklingen. Ruhig, ruhig. Ich mußte etwas anderes, Beruhigendes lernen. Also wieder das Notizbuch herausgenommen...

Ihr tapfren Blumen, wäre ich so schön
Und auch bescheiden so wie ihr!
Von weither kommt ihr, harmlos, schlicht...

Nein, das war zu schwer. Niemals würde mir das in einer schwierigen Situation einfallen. Nur die erste Zeile rauschte schön und glatt dahin:

Ihr tapfren Blumen, wäre ich so schön...

Fünfzehn Minuten, eine halbe Stunde, drei Viertelstunden vergingen. Die Sonne war schon untergegangen. Es hielt mich nicht länger im Haus. Ich mußte wieder hinaus zur Mole. Man konnte nie wissen, manchmal ändert sich alles binnen einer Sekunde und geht mit einemmal, wie es gehen soll. Vielleicht war gerade dies die entscheidende Sekunde, in der der Wind ein Einsehen hatte. Jedenfalls würde es nichts schaden, einmal nachzusehen.

Leise huschte ich aus meinem Zimmer und ging starr und gerade die Treppe hinunter, durch die Gänge ... so wie man im Traum geht, wenn man einem Verfolger entrinnen will, aber nicht zu laufen wagt. Dann über die Freitreppe ... durch die Einfahrt. Kein Hasten, o nein, nur flottes Gehen. Draußen auf der Straße konnte ich meine Schritte beschleunigen, es war dunkel. Und als ich die Mole erreichte, lief ich bereits. Ja, es war kühler geworden, entschieden kühler, aber ... (»Ännchen, Ännchen, kommt dort wer?« Märchen, alte Kinderlieder rasten durch meinen Kopf. »Buttje, Buttje in der See!«) ... gab es Wind? Ich zog mein Taschentuch heraus ... zerknittert, weiß schimmerte es im Dunkel. Es hing schlaff in meiner Hand; es bewegte sich ein wenig; es flatterte. Ein Lufthauch wehte es von mir weg. Ja, ja, jetzt war es anders. Oh ... »Horch! Der Wind erhebt sich, jagt ...«

Ich rannte zum Regierungsgebäude zurück und stürmte in unser Zimmer. Mein Mann war auch gerade zurückgekommen.

»Der Wind hat umgeschlagen«, keuchte ich, ganz außer Atem. »Ich bin gerade draußen auf der Mole gewesen. Genug Wind, um ein Taschentuch zu bewegen!«

»Fein«, sagte Charles, »ich geh mit dir hinaus ... möchte mich selbst überzeugen.«

Seite an Seite gingen wir wieder die Straße zum Hafen hinunter, ich bemühte mich, nicht hinter den langen Schritten meines Mannes zurückzubleiben. Ja, es gab Wind. Zwei Taschentücher flatterten jetzt. Nun, da sich meine Aufregung legte, fiel mir allerdings ein, daß ein Wind, der ein Taschentuch bewegen kann, nicht unbedingt imstande sein muß, ein Flugzeug vom Wasser loszubringen. Und doch, es war ein gutes Zeichen. Eine Änderung war unverkennbar. Und wenn der Mond erst am Himmel stünde, würde der Wind vielleicht stärker werden.

Wir gingen zurück. Beim Abendessen trank der Gouverneur auf das Gelingen unseres Fluges. Nun schon zum dritten Male fragte ich mich, ob das jetzt wirklich der letzte Abschiedstoast sein würde. Wieder sagten wir unseren Gastgebern Lebewohl.

»Na, beim Frühstück sehen wir uns ja wahrscheinlich wieder«, lachten wir, in der stillen Hoffnung, daß dieses Scherzwort gerade das Gegenteil bewirken werde.

Die Frau des Gouverneurs drückte meine beiden Hände.

»Telegraphieren Sie uns, wenn Sie drüben angekommen sind, ja?« sagte der Gouverneur.

»Ja, das machen wir, auf Wiedersehn, Dank für alles.«

Nach dem Essen spazierten wir nochmals zum Pier hinaus. Der Mond war schon aufgegangen; niedrig, rötlich, arg eingedrückt, um vieles kleiner als gestern stand er am Horizont. Wahrhaftig, schief und verbeult wie eine mißgeformte Birne! Ich war entsetzt. Wie schnell er sich veränderte. Sicher war heute die letzte Nacht, in der der Mond uns nützen konnte. Aber der Wind war etwas stärker.

Das war ein Trost.

Wir gingen zum Haus zurück. Es gab nichts mehr zu tun. Unsere Sachen, jetzt nur noch eine Handvoll, steckten klein und arm ganz unten in dem weißen Sack. Unsere übrigen Kleidungsstücke lagen oben auf dem Haufen der zurückbleibenden Gegenstände. Mein Mann begnügte sich mit dem Anzug, den er anhatte. Ich nahm außer meiner Fliegermontur nur noch ein Seidenkleid, ein Paar Strümpfe und einen Leinenhut mit, alles zusammengerollt. Im ganzen wog der Inhalt des Sackes nur etwa dreiviertel Pfund. Das war alles; wir waren reisefertig.

Aber wir konnten erst aufbrechen, wenn der Mond höher stand; für unseren Start brauchten wir möglichst viel Licht. Wir legten uns aufs Bett und warteten darauf, daß die Minuten vergingen. Im Haus war es still. Alle anderen hatten sich schon zur Ruhe begeben. Warten, warten, warten...

Um 10 Uhr 20 klopfte Samiker, der lange Boy, an die Tür; er kam unser Gepäck holen. Gepäck? Wir hatten keins. Nur den halbleeren weißen Sack, meine Funkertasche, eine Ersatzbluse, den Sweater und die Kappen. Der Boy hob schweigend den leichten Sack auf die Schulter und ging hinaus. Beim Haustor wartete der kleine offene Wagen. Leise kletterten wir hinein; Samiker stieg gleichfalls ein. Es wäre nicht unbedingt notwendig gewesen, daß er mitfuhr, aber ich freute mich darüber, denn ich spürte, daß er Interesse für uns hatte. Und es war angenehm, jemand bei sich zu haben, der Interesse für einen hatte, selbst wenn er still und stumm dasaß. Der Wagen setzte sich in Bewegung. Funkertasche? Kappen? Eßpaket? Ja, alles da. Samiker saß, den weißen Sack auf den Knien, auf dem Vordersitz. Wir ratterten durch die schwacherleuchteten Straßen. Gerade wurden die letzten Haustore geschlossen. Jemand öffnete über uns die Jalousien, blickte hinaus, um nachzuschauen, wer da noch so spät vorbeifuhr. Ach, dachte ich und blickte den Bruchteil einer Sekunde lang auf das beleuchtete Fenster, auf die dunkle Hand, die gleichgültig die Jalousie schloß, wäre doch auch unser Vorhaben so einfach und selbstverständlich!

Der Wagen hielt vor dem geschlossenen Tor des Docks. Der verschlafene Wächter kam heraus und ließ uns passieren. Wir kletterten in das etwas lecke Ruderboot. Samiker setzte sich, noch immer brav den weißen Sack haltend, hinter uns. Um unsere Füße platschte Wasser. Der Neger an den Rudern hustete trocken. Langsam bewegten wir uns auf die undeutlichen Umrisse unseres Flugzeugs zu.

Der Mond gab leidlich gutes Licht. Ich konnte den Hafenkommandanten erkennen, der in einem anderen Ruderboot nahe dem unsern saß. Hier draußen war etwas mehr Wind. Ich wandte den Kopf, um mir das Haar aus dem Gesicht wehen zu lassen.

»Wir haben gerade so viel Wind wie an dem Morgen, an dem wir zu starten versuchten, Charles«, sagte ich, als wir beim Flugzeug ankamen.

»Aber nicht so viel wie bei dem Nachtversuch?« Er kletterte aus dem Boot.

»Nein, da hatte ich meinen Sweater an.«

Wir begannen das Cockpit in Ordnung zu bringen, die Schwimmer leerzupumpen, alle die kleinen Arbeiten zu verrichten, die wir schon so oft erledigt hatten. Heute nacht aber, zum letztenmal in Bathurst, erschienen sie uns unendlich wichtig. Es war, als seien sie von der Kraft und Stärke unseres Wollens durchdrungen; so klar und scharf umrissen stand jeder einzelne dieser kleinen Handgriffe vor mir, wie die kleinen Zweige eines großen Baumes in grellem Blitzschein. Ich kniete auf der Spitze des Schwimmers und hielt die Taschenlampe hoch, während mein Mann pumpte. In regelmäßigen Abständen schoß das Wasser heraus. »So, fertig, jetzt der Ankerraum.« Auch Worte erschienen uns gewichtiger, bedeutsamer als sonst. Charles trug mit den Fingern Kitt auf die Ränder der Luke auf. »Damit kein Wasser eindringt.« Der Lichtkreis folgte seinen geschickt längs der Ränder hin- und hergleitenden Fingern.

Es war sehr still. Ich trommelte mit den Fingernägeln einen Marsch auf der Metallfläche unter mir. Rhythmisch drang das Geräusch durch die Stille ... ping, ping, ping; ping, ping, ping ... aber ... war da nicht noch ein anderer Laut? Horch, horch ... der Wind erhebt sich ...

Mein Mann blickte von seiner Arbeit auf. »Der Wind hat jetzt sicher seine acht Kilometer Geschwindigkeit«, rief er über das Wasser.

Der Hafenkommandant hielt im fahlen Mondlicht die Hand hoch. »Ihr Flieger seht das offenbar ganz anders an«, brummte er gemütlich zu uns herüber.

»Warum, wie würden Sie das nennen?« Wir lauschten gespannt.

»Fast vollständige Windstille!«

Wir lachten und nahmen die unterbrochene Arbeit an den Schwimmern wieder auf. Ping, ping, ping. Ping, ping, ping. Wieder trommelten meine Fingerspitzen auf dem Metall.

Es ist aber *doch* mehr Wind, dachte ich, als ich ins Cockpit kletterte. So viel sogar, daß ich ganz gut meinen Sweater brauchen konnte. »Ich zieh meinen Sweater an, Charles, so stark ist der Wind!« Aber er hörte mich nicht. Er machte gerade die Laterne, dann das Flugzeug selbst los.

»Wenn wir zurückkommen, brauchen wir die Sachen«, rief er, »sonst ...« Das Ende seines Satzes verlor sich im Mondlicht wie die Ufer, wie die Bäume.

Er stand auf, um Lebewohl zu winken. »Na, versuchen wir's noch einmal.« Er schwang sich in seinen Pilotensitz. Er ließ den Motor an.

Ich tastete nach unten, um mich zu überzeugen, daß alles in Ordnung sei; ja, die Kontrolldrähte waren frei. Ich setzte mich auf meine Ersatzbluse, stopfte die Eßwaren in die Aluminiumdose, stellte die Funkertasche neben mich auf den Sitz. So, jetzt den Gurt festgeschnallt. Fertig.

Wir glitten in die Bucht hinaus. Die Welt um uns war heute nacht nicht mehr so seltsam. Wir waren schon einmal hier gewesen. Ich grüßte mir schon Vertrautes. Dort waren die Lichter der Stadt. Dort drüben der Strahl des Mondes.

Wenn es nur richtigen Wind gegeben hätte! Er war hier draußen in der Bucht stärker, aber er blies noch immer nicht so kräftig wie in der anderen Nacht. Immerhin war unser Gesamtgewicht nun um fast zweihundert Pfund geringer. Behutsam fuhren wir unsere Startbahn ab. Wir probierten den Motor aus; wir drosselten die Benzinzufuhr; wir drehten gegen den Wind. Wieder die Atempause. Der letzte Ausblick: die undeutlich sichtbaren Umrisse der Palmen über der Stadt, der Mondschein, ein heller Pfad vor uns; und der Wind ... der Wind erhob sich ...

»Fertig?«

»Fertig.«

Jetzt geht's los. Festhalten. Das Brüllen des Motors. Sprühwasser über den Tragflächen. Auf die Uhr sehen. Nur noch zwei Minuten. Dann wissen wir's schon. Zwei Minuten kannst du's noch erwarten. Sieh auf die Uhr. Das ist deine Arbeit. Horch ... horch ... kein Wasser umbraust uns mehr. Wir jagen dahin. Wir sind »auf der Stufe« ... schneller, schneller ... oh, viel schneller als das letzte Mal. Funken stieben aus dem Auspuff. Wir werden hochkommen! Aber wie lange das dauert. Tack, tack ... sind wir los? Noch nicht ... tack ... fast. Der Motor geht unregelmäßig .. setzt er aus? O Gott, ... das ist das Ende. Nein ... Charles sitzt ganz ruhig da ... nichts geschehen. Wir haben abgehoben ... kein Knattern mehr. Aber jetzt ... dieses Zischen. Was ist geschehen? Will er wenden? Wollen wir landen? Die Pumpe? Benzin? Geht dich nichts an ... die Uhr ... das ist deine Arbeit. Genau zwei, Greenwich. Ja ... wir sind los ... wir steigen. Aber warum starten, wenn der Motor nicht richtig funktioniert?

Doch jetzt klingt er leise, gleichmäßig ... wie ein langer Seufzer ... wie ein Mensch, der leicht und frei atmet. Wir sind schon weit von den Lichtern der Stadt entfernt; wir brausen hoch über der Erde dahin. Unsere Maschine ist jetzt übermütig, beinahe frech. Wir haben es geschafft, wir haben es geschafft! Wir sind oben, über euch. Eben noch waren wir von euch abhängig, waren Gefangene, die schmeichelnd um eure Gunst buhlten, Wind und Licht erbettelten. Jetzt aber sind wir frei; wir sind hoch; wir sind los. Wir brauchen euch nicht mehr, ihr dort unten, die ihr nur ein paar Lichter seid in der großen, dunklen, schweigenden Welt, unserer Welt. Wir sind oben!

WIE EIN VOGEL IM NEST

Im vorderen Cockpit flammten die Lichter auf; ich sah jetzt Kopf und Schultern meines Mannes scharf umrissen vor mir. Gleich darauf wurde es wieder dunkel. Charles hatte einen Blick auf die Karte geworfen. Wir drehten, flogen niedrig über dunkles Land. Ich griff nach oben und zog das verschiebbare Verdeck zu; mit einemmal waren Lärm und Wind ausgesperrt. Die Papiere in meinem Schoß hörten auf, wild zu flattern. Ich nahm meinen großen Schreibblock heraus. Noch immer ganz erregt, schrieb ich beim Licht des Mondes: »Bathurst gestartet, 2.00 GMT.« Als ich nun die ungleichmäßig auf das oberste Blatt weißen Papiers gekritzelten Worte durchlas, ermahnte ich mich streng: »Eigentlich hättest du dich wirklich nicht jetzt schon aufregen dürfen... schließlich liegt der ganze lange Flug noch vor uns. Der Himmel weiß, ob wir je drüben ankommen.« Und doch hatte ich, ob ich wollte oder nicht, das Gefühl, als sei nun, da wir hochgekommen waren, das Schlimmste überstanden, als sei alles, was uns noch bevorstand, leicht.

Jedenfalls war es am besten, sich jetzt praktischen Dingen zuzuwenden. Es war keine Zeit für Angst oder Begeisterung, für Grübeleien oder Zweifel. Die windstille Bucht, die Docks, die Lichter, die Palmen, alles war hinter uns versunken. Mit all dem hatte ich nichts mehr zu tun. Ebensowenig ging mich die große dunkle Welt außerhalb des Cockpits etwas an. Der Mond, die Sterne, der Wind, die formlose Strecke Landes, über die wir jetzt flogen, der weite Ozean, auf den wir zusteuerten, all das mußte ich aus meinem Denken ausschließen. Für mich war es nicht vorhanden. Alles, was es nun für mich gab, war dieser kleine Raum, der mich umgab wie das Schneckenhaus die Schnecke. Von jetzt an bis zur Ankunft auf der anderen Seite des Ozeans mußte ich hier hocken, die Außenwelt vergessen, nur durch das schwache Piepen in den Kopfhörern, durch das leichte Klopfen meiner Finger mit ihr in Verbindung bleiben.

Es ist merkwürdig, wie sehr einem sein Arbeitsraum, wo immer er sich auch befinden mag, zur eigentlichen Welt wird. Ja, mehr noch bedeutet er Zuflucht und Heim, das einen von allen Seiten einschließt und behütet, einem ein Gefühl der Sicherheit gibt, so gefährdet es auch in Wirklichkeit sein mag ... ja sogar, wenn man blind durch die Luft dahinbraust.

Meine kleine Kabine in unserem Flugzeug war mir mit der Zeit unendlich lieb geworden, ganz wie ein behaglich ausgestattetes Arbeitszimmer daheim. Jede Ecke, jede Ritze hatte ihre Bedeutung. Ja, sogar jeder einzelne Gegenstand bedeutete mir etwas. Nicht nur die Geräte, mit denen ich arbeitete, der Sender, der Empfänger, die Taste und die Antennendrähte; auch die ganz bedeutungslosen Dinge an der Seitenwand des Rumpfes, die kleine schwarz abgeschirmte Lampe, deren Licht nun von mir abgewandt war, der glänzende Arm und der Griff des zweiten Gashebels, die blinkenden Schalter und Griffe, die farbigen Drähte und Kupferrohre; alles machte mir auf seltsame Art ebenso viel Freude wie die mir vertrauten Bilder und Bücher daheim. Dieses Vergnügen war vermutlich nicht ästhetischer Natur, sondern entsprang einem Gefühl der Vertrautheit, der Sicherheit, des Besitzes. Jedes einzelne dieser Dinge hatte für mich seine eigene gefühlsmäßige Bedeutung, hatte doch auch jedes einzelne mit mir so vieles durchgemacht. Aus ihnen setzte sich die gemütliche, vertraute, ordentliche, in engem Raum zusammengedrängte Welt zusammen, die die meine war.

Da waren zunächst einmal die ovalen Seitenwände des Rumpfes, die sich auf seltsam schützende Art um mich wölbten. Mir war, als umgäben sie mich wärmer, freundlicher als die geraden, starren Wände eines Zimmers; so behaglich saß ich zwischen ihnen wie ein Vogel im Nest.

Dann war da mein geschwungener Metallsitz, fest und sicher mit dem Boden verschraubt, breit und bequem mit seinem faltigen Lederkissen. Wenn ich nicht das Flugzeug steuerte oder über den Empfänger gebeugt saß, konnte ich bequem mit heraufgezogenen Beinen dasitzen oder mich nach Herzenslust hineinkuscheln. Daneben bot er in den Ecken noch genug Platz für meine Funkertasche, einen oder zwei Sweater, ein Paket Butterbrote, Bleistifte, Schreibblöcke, Fausthandschuhe, Spulen, die ich gerade auswechselte, kurz für alles, was ich bei der Hand haben mußte. Der Sitz war der einzige sichere Ort für diese Sachen; dort konnte ich immer alles finden und war sicher, daß nichts verloren ging oder auf den Boden fiel. Denn ich lebte in der steten Angst, daß eine Lunchdose oder eine Spule sich in den Leitungsdrähten verfangen und so einen Unfall verursachen könnte. Um den Sitz höher oder niedriger zu stellen, brauchte ich nur an einem unter ihm befindlichen Draht zu ziehen. Am liebsten hatte ich ihn niedrig, um bequem am Empfänger arbeiten zu können. War er unten, so war ich in meiner kleinen Kabine ganz vergraben; nur der obere Teil meines Kopfes, meine Augen und meine Nase schauten hervor. Selbstverständlich war der Sitz der Mittelpunkt meiner kleinen Welt; für mich war er viel mehr als ein gewöhnlicher Sitz. Er wurde mir mit der Zeit gerade so wichtig, wie für ein Kind ein ganz bestimmter Sessel oder ein Bett Bedeutung als sein Schiff oder sein Haus erhält.

Unmittelbar vor mir, zwischen meinen Beinen, befand sich die Aluminiumstange des Steuerknüppels mit ihrem Griff aus gerippten Gummi. Ich konnte sie aus ihrer Fassung herausdrehen und seitlich einhängen, wenn ich das Funkgerät bediente, denn sie störte mich beim Schreiben. Vor dem Knüppel war der Sextantenkasten, der sich in den im Boden angebrachten Rillen hin- und herschieben ließ. Rechts und links vom Sextantenkasten waren die Seitenruder. Bei meiner rechten Hand befand sich das Brett mit der glänzenden schwarzen Sendetaste und der Abdriftmesser, dessen Okular so angeordnet war, daß man auf die Wellen tief unten hinabschauen konnte.

Auf der rechten Seite des hinteren Cockpits, etwa in Kniehöhe, war das Empfangsgerät angebracht, ein langer, schmaler, schwarzer Kasten, der auf Federn und Schaumgummi montiert war. Bei Windstille diente mir sein Deckel gelegentlich als Servierbrett, auf dem mein Mann und ich einander Mitteilungen oder belegte Brote hin- und herüberreichten, obgleich er ziemlich wackelig war und die daraufgelegten Sachen oft und gern auf den Boden purzelten. Wenn ich das Funkgerät bediente, mußte ich mich, da der Kasten ziemlich niedrig war, vorbeugen, um die Skalen beobachten und einstellen zu können. Gleichzeitig mußte ich einen Notizblock auf dem Schoß balancieren, um empfangene Nachrichten zu notieren. Die Arbeit am Empfänger bereitete mir noch immer ziemliche Schwierigkeiten. Mit Ausnahme von einigen häufig vorkommenden Wörtern und Ausdrücken konnte ich die empfangenen Nachrichten noch nicht im Kopf decodieren, sondern mußte sie immer Buchstaben für Buchstaben niederschreiben, wie die Signale an mein Ohr klangen. Eigentlich besorgte nicht mein Verstand die Übertragung, sondern mein über das Blatt hüpfender Bleistift. Erst wenn der Bleistift zu schreiben aufhörte, sah ich nach, was nun eigentlich dort geschrieben stand.

Rechts von meinem Sitz, für mich unsichtbar, aber leicht zu erreichen, war der Kasten für die Sendespulen. Der Sender selbst, ein viereckiger, schwarzer, wie der Empfänger befestigter Kasten, befand sich links vor mir. War seine Tür heruntergeklappt, konnte ich sehr bequem die zu wechselnden Spulen darauf legen. Darunter, auf dem Boden, war die Antennenspule, deren Kupferdraht durch ein Loch im Boden lief. Wenn wir starteten, war dieser Draht stets straff aufgespult, und das Kugelgewicht am Ende hing dicht an der Außenseite der Öffnung. Waren wir aber erst einmal in der Luft, so schleifte es frei hängend hinter uns her.

Immer hatte ich Angst davor, das Kugelgewicht am Ende der Antenne zu verlieren. Es konnte bei einer plötzlichen Landung, durch eine jähe Berührung mit dem Wasser leicht abgetrennt werden, oder zu nahe an die Wellenkämme heranfliegen, ehe ich Zeit zum Aufspulen hatte. Das war mir schon einmal bei einer nächtlichen Notlandung in Alaska passiert. Ich erinnerte mich noch gut, wie ich damals mit schmerzendem Arm den Griff gedreht und gedreht hatte. Aber das niedergleitende Flugzeug war schneller als ich; plötzlich spürte ich an einem verdächtigen Ruck, daß das Kugelgewicht ins Meer flog; als ich nichtsdestoweniger fortfuhr, aus Leibeskräften zu drehen, schnellte das zerrissene Ende des Drahtes ungewohnt leicht zurück. Für einen solchen Fall hatten wir immer ein Ersatzgewicht bei uns, das sich im Werkzeugkasten meines Mannes befand.

Nahe meiner linken Schulter war an der Rumpfwand das Kartenfach aus Aluminium befestigt. So merkwürdig es klingt, Flieger stehen mit den Kartenkästen immer auf schlechtem Fuß. So geräumig die Konstrukteure sie auch vorsehen mögen, immer sind sie zu klein. Entweder passen nicht alle Karten hinein, oder man kann sie nicht wieder herausnehmen, ohne die Ränder zu zerreißen. In meinem Fall kam noch dazu, daß ich außer Karten auch noch alles mögliche andere hineinstopfte: Funkerbroschüren, Verzeichnisse, Sandwiches, Bleistifte und meine Fliegerkappe. An meinem Kartenfach fehlte immer eine Schraube, und der Deckel schloß nie richtig. Die Schraube war samt anderen Schräubchen, Putzläppchen, Brotkrumen und angesammeltem Staub in ständiger Bewegung und tanzte in einer Fußbodenecke lustig herum.

In der Mitte zwischen dem Sitz meines Mannes und dem meinen war knapp über dem Fußboden der schwingungsfreie

Kompaß, das einzige Instrument, das ich deutlich sehen und nach dem ich das Flugzeug lenken konnte; ich brauchte nur beim Steuern die hin- und herschwingenden weißen Parallelstriche und Ziffern zu beobachten. Davor sah ich den Sitz meines Mannes und auch ihn selber, das heißt eigentlich nur Teile seines Rückens. Über dem Sitz ragte sein Kopf mit der Fliegerkappe heraus, weiter unten erblickte ich seine Schultern und Arme, die glänzend-schwarze Rückenlehne, die Duraluminiumstangen, an denen der Sitz hinauf und herunter geschoben wurde, und die V-förmigen Gummigurte, an denen er befestigt war. Obgleich mein Mann nur ein paar Zoll von mir entfernt war, war die Verständigung nicht leicht. Ich konnte ihn verstehen, wenn er sich umdrehte und mir etwas zubrüllte, mir aber gelang es nie, auch wenn ich noch so laut schrie, den Lärm des Motors zu übertönen. Ich schrieb dann lieber ein paar Worte auf ein Stückchen Papier, stieß meinen Mann mit einem Bleistift in den Rücken – die Stärke des Stoßes hing vom Grad meiner Aufregung ab – und reichte ihm die Nachricht nach vorn. Dabei mußte ich das Blatt Papier ganz fest halten, sonst wäre es weggeflogen.

Aber ich kannte meine kleine Kabine nicht nur mit Blicken, sondern noch viel genauer durch das Abtasten. Alles befand sich für mich in Reichweite, mit Ausnahme des in einer Ecke umherwirbelnden Krimskrams. Jeder Gegenstand gehorchte dem leisesten Druck meiner Hand: der im Boden eingelassene Steuerknüppel, dessen Gummiknopf unter meinen liebevoll spielenden Händen seine Form verändert hatte, die Seitenruder, die meinen Füßen so willig folgten wie Steigbügel, vor allem aber die Funktaste, diese kleine, flache Scheibe, die ganz nur mir gehörte. Glatt wie eine polierte Tischfläche, paßte sie sich meiner Hand völlig an, als hielte ich einen Bleistift zwischen den Fingern; es war für mich geradezu vergnüglich, diesem Instrument spielend meinen Willen aufzuzwingen.

Auch die Form und die Windungen der kleinen Schrauben,

mittels derer sich die Funkkästen öffneten, kannten meine Finger ganz genau, ohne daß ich hinsehen mußte. Meine Hand war ganz vertraut mit dem dicken glatten Holzgriff des Antennendrahtes und dem kalten, viereckigen Metallgriff, mit dem er befestigt wird. Sogar die Spulen konnte ich durch bloßes Tasten auswechseln, indem ich einen Finger über die glatte Spule und die gerippte Oberfläche der straff aufgewundenen Drähte gleiten ließ; nach der Zahl der Windungen beurteilte ich die Wellenlänge der Spule.

Heute nacht mußte ich mich völlig auf meinen Tastsinn verlassen. Das Mondlicht, das meinen weißen Schreibblock hell aufscheinen und die meisten Gegenstände in meinem kleinen Raum wenigstens den Umrissen nach erkennen ließ, drang nicht bis in die dunkelsten Winkel, ließ den Spulenkasten und den Antennendraht unbeleuchtet. Nun hätte ich ja die kleine Schirmlampe andrehen können – und später mußte ich das auch tun, um zu lesen – aber solange wir noch Land überflogen, ließ ich es lieber. Der künstliche Lichtschein hätte bis zum Pilotensitz reichen und meinem Mann eine Winzigkeit seiner ohnehin sehr dürftigen Sicht rauben können. Er hatte mir erzählt, daß ihn während eines nächtlichen Postfluges einmal ein aus dem hinteren Raum dringendes, ganz schwaches Licht momentan völlig geblendet habe.

Ich ließ meine Finger über die Spulen gleiten, suchte und fand die richtigen, drehte sie heraus und preßte sie – sie hatten einen schwachen Schellackgeruch – in die passenden Fassungen im Sendekasten. Ich zog mir den Kopfhörer über die Ohren. Ich schaltete den Empfänger ein. Die leuchtenden Skalen glänzten in der Dunkelheit auf. Ich streckte die Hand nach dem dicken Griff des Antennendrahtes aus. Ich legte meine Finger auf die glatte Taste. »Da-dit-da-dit, dit-da-dit ...« Meine Arbeit hatte begonnen. Draußen jagte die Nacht vorbei. Wie angenehm, in seinem eigenen kleinen Raum zu sitzen, alles, was zu einem gehörte, näher an sich heranzurücken, sich zu verkriechen wie die Schnecke in ihr Haus, zu arbeiten!

DIE NACHT

»*CRKK CRKK* (Porto Praia) *DE KHCAL* (Das Rufzeichen unseres Flugzeugs).« Es war 2.15. Ich hatte gerade noch Zeit, vor meiner regelmäßigen stündlichen und halbstündlichen Verbindung mit den *Pan-American*-Stationen an der südamerikanischen Küste Porto Praia anzurufen. Das schwere, langgezogene Summen meiner eigenen Sendung tönte mir in den Ohren. Dann Stille. Ich lauschte, drehte in der Dunkelheit an den glänzenden Skalen herum. Keine Antwort. Nur ein Krachen im Kopfhörer. Ich versuchte es noch einmal. Keine Antwort. Vielleicht würde der Mann auf der Insel ohne Zeit den Funkspruch nie erhalten. Wie spät war es übrigens? 2.15 Greenwich; 1.15 hier. Es war ja allerdings mitten in der Nacht. Warum sollte er uns empfangen? Er schlief gewiß; die Funkstation oben auf dem Hügel war sicher nicht besetzt.

Ich rollte den Antennendraht auf. Ich wechselte die Spulen. Ich stellte auf eine andere Wellenlänge um. Ich versuchte, die *Pan-American*-Stationen an der Küste zu bekommen; nicht, weil ich jetzt schon eine Antwort erwartete, sondern weil wir stündliches und halbstündliches Senden vereinbart hatten. Es war jetzt 2.30.

»*PVC PVC* (Ceara) *DE KHCAL*.« Keine Antwort, nur das atmosphärische Krachen, das aus der Außenwelt hereindrang. Denn die Kopfhörer umzuhängen und zu versuchen, den Funkverkehr abzuhören, bedeutet, ein Fenster zu einer anderen Welt, ein Guckloch nach außen, das heißt eigentlich ein »Hörloch«, zu öffnen. Heute nacht war diese andere Welt sehr verschieden von jener, in der ich mich befand. Hier war alles still, behaglich und wohlgeordnet. Mein Mann saß ruhig am Steuer; ich lehnte bequem in meinem Sitz. Die Kabine war in

Mondlicht gebadet; die Nacht war klar; das Flugzeug zog in ruhigem Gleichmaß durch einen wolkenlosen Himmel dahin. Dort draußen jedoch, in jenem anderen Kosmos, stürzten – so schien es mir, als ich lauschend dasaß – Welten zusammen; Planeten brachen auseinander. Ich hörte das Stoßen und Krachen, das Tosen und Bersten, den Schrecken und den Tumult in der Nacht.

Eine schrecklich aufgeladene Atmosphäre, dachte ich, was hat das nur zu bedeuten ... Sturm? und ich notierte auf meinen Block: »NIL HRD (nichts gehört), QRN (atmosphärische Störungen).« Nein, durch dieses Gekrache konnte ich nichts hören, aber immerhin würde es nichts schaden, die Zeit unseres Abflugs »blind« hinauszufunken. Vielleicht würde jemand die Meldung auffangen, wenn es auch recht unwahrscheinlich war. Es war ungefähr dasselbe, als würde man eine Nachricht in eine verkorkte Flasche stecken und sie in einem Unwetter ins Meer werfen.

»*PVCPVCDEKHCAL Starteten Bathurst 02.00 GMT.*«

Keine Antwort im Kopfhörer, nur der Zusammenprall dieser in unendlicher Ferne gegeneinander krachenden, irgendwo durch den Raum polternden Gestirne. Denn es ist, als könne man im Funkgerät Entfernung und Raum hören. Geräusche teilen die Stille auf wie die Sterne das Dunkel und geben einem ein Gefühl von Raum.

Nun aber begann ich außer dem kosmischen Krachen etwas anderes zu hören, ein dünnes Piepen mitten in dem Tumult, klare Signale in der unsauberen, rauhen Fläche des Lärms. So dünn und schwach waren sie wie das Pochen eines Zweiges gegen eine Fensterscheibe mitten im Sturm, nicht deutlicher als die Spur eines Krebses im Sand, die eine Woge halb verwischt hat, oder der Abdruck eines dürren Blattes in frischgefallenem Schnee. Und doch waren sie lebendig, diese Laute, und doch mußten sie von Menschen herrühren; Morsezeichen waren es, eine Botschaft in Punkten und Strichen.

Ich setzte meinen Bleistift auf das Papier und ließ ihn einzelne Buchstaben aufzeichnen, die ich zwischen krachenden Schlägen zu vernehmen glaubte: »*O–T–C–FN–R–K–L*.« Dann hörte ich durch das Geräuschgewirr nicht mehr einzelne Buchstaben, sondern ein zusammenhängendes Wort, KHCAL, das Rufzeichen für unser Flugzeug. Über Ozean und Finsternis hinweg hörte ich meinen Namen! Das war noch erregender, als wenn man in einem Saal voll fremder Menschen plötzlich seinen Spitznamen oder in einer ausländischen Stadt seine Muttersprache hörte. Jemand rief uns von jenseits des Ozeans an. Jemand hatte uns gehört, uns, die wir in einem kleinen schwankenden Kasten Tausende von Kilometern entfernt durch die dunkle Nacht flogen. Wer mochte es sein?

Ich hatte das Gefühl, als geleite uns jemand auf unserer Fahrt. Ein Weg mitten durch das Dunkel hatte sich vor uns geöffnet. Dort war unser Ziel. Bisher hatten wir dieses Ziel nicht gesehen, nicht gehört, es war rein theoretisch gewesen, ein Punkt auf dem Kompaß, ein Tüpfelchen auf der Karte, das meinem Mann etwas bedeutete, mir aber nicht annähernd so wirklich und greifbar erschien wie das schwache, tröstliche Blinklicht eines fernen Leuchtturms.

Während der drei nächsten Nachtstunden saß ich über meine leuchtenden Skalen gebeugt. Ein einziges Mal nur schaute ich hinaus, ein kurzer Blick zurück, und ich erkannte, daß wir schon mitten über dem Ozean waren, denn aus dem weiten Dunkel tief unter uns blinkten die Lichter eines Schiffes zu uns herauf. Wie lange wird es dauern, bis ich ein zweites Schiff sehe, dachte ich, dann wandte ich mich rasch wieder meiner Arbeit zu. Die Hand auf den Knöpfen, den Kopfhörer eng an die Ohren gepreßt, saß ich da, angestrengt bemüht, durch das Krachen in der Atmosphäre hindurchzuhören. Es war zum Verrücktwerden. Man konnte fast etwas hören ... fast ... dann ein Krachen, und alles war wieder weg. Es war, als versuche man im Dunkeln etwas zu finden, indem man Zündhölzchen anzündete, die flackernd erloschen, gerade wenn man die Hand nach dem Gegenstand ausstreckte. Oder als ob man eine Muschel von einem glänzenden, glatten Sandstreifen aufheben wollte, über den soeben eine Welle geflutet war; ehe man sie erreichen konnte, rollte schon eine neue Welle darüber hin.

Ich kurbelte die Antenne auf und ab; ich wechselte die Spulen; ich morste unseren Standort, zweimal, dreimal, immer aufs neue, damit der Mann jenseits des Ozeans, der sich ebenso anstrengte wie ich, meine Nachricht endlich empfing.

Ich wagte nicht aufzublicken. In dieser halben Sekunde hätte mir ein Flüsterlaut in der Luft entgehen können. Aber beim eindringenden Mondlicht erkannte ich, daß das Wetter gut war. Bei diesem Licht konnte ich schreiben und meine Meldungen funken. Die Lampe mußte ich nur andrehen, um Funksprüche zu empfangen, denn dann hatte ich die Hieroglyphen, die mein Bleistift automatisch hinkritzelte, erst einmal zu entziffern. Was konnte ich diesen über das Papier gestreuten Zeichen entnehmen? Anfangs gar nichts, ein paar zusammenhanglose Worte der Wetterberichte, die man mir durchzugeben versuchte: »*Mond – Wind – Nordost.*« Allmählich jedoch verstand ich mehr. Nach vielen Wiederholungen hatte ich einen brauchbaren Wetterbericht aus Rio (PVB, Bahia hatte mich an Rio »weitergegeben«). Jetzt ging es besser. Ich atmete ein wenig auf, streckte mich und sah auf die Uhr. Beinahe fünf ... drei Stunden seit dem Start ... wir waren vierhundertachtzig Kilometer weit über dem Ozean ... war das möglich! Mir war, als hätte ich mich gerade erst von dem Start erholt, gerade erst begriffen, daß wir hochgekommen und auf dem Weg nach Südamerika waren. Während dieser winzigen Ruhepause merkte ich auch, daß ich jetzt sehr müde war. Ich klopfte mit geschlossenen Augen auf die Taste.

Das Senden war eine Erholung. Jetzt bereits schläfrig, und der morgige Tag lag noch vor mir! Aber dann war eben *Tag*. Nachts war es am schwersten. Wenn es erst hell ist, geht es ganz leicht, sagte ich mir immer und immer wieder vor.

Wir trafen auf Wolken. Ich wußte es, ohne aufzublicken,

denn das Flugzeug rumpelte von Zeit zu Zeit, zuerst senkte sich die eine Tragfläche, dann die andere. Und der Mond versteckte sich kurz, dann länger. Ich konnte nicht mehr genug sehen, um meine Nachrichten niederzuschreiben. Ein unbestimmtes Angstgefühl durchzuckte mich – die alte Angst vor schlechtem Wetter – und ich sah hinaus. Wir flogen unter Wolken dahin. Wohl sah ich noch eine Art Horizont, eine Veränderung in der Färbung, dort wo Wasser und Wolken ineinander übergingen; das war aber auch alles. Und mir schien, als werde es immer dunkler. Gewitter? Waren das Wolken dort drüben oder war es der Himmel? Wir sahen das Meer nicht mehr. Wir flogen blind. Rasch drehte ich das Licht aus, um meinem Mann das Sehen etwas zu erleichtern; dann saß ich wartend, mit angespannten Nerven da und starrte in die Nacht hinaus. Jetzt waren wir wieder durch die Wolken hindurch. Es gab Löcher, durch die man das dunkle Wasser, andere, durch die man den dunklen Himmel sehen konnte. Solange es noch Löcher gibt, ist es nicht so schlimm, fand ich.

Wieder flogen wir blind. Diese Dinge vergessen die Leute. Deshalb ist es kein Kinderspiel, bei Nacht, ohne Sicht einen Ozean zu überfliegen. Aber der Tag würde ja kommen. Bald mußte es hell werden. Ich versuchte es mir auszurechnen... von der Greenwichzeit eine Stunde abziehen. Wann ging die Sonne auf? In einer Stunde? Noch eine Stunde durchhalten!

Wir kletterten durch Wolken. Das Zischen in der Atmosphäre zerriß mir die Ohren. Ich sah nicht genug, um zu schreiben und hatte meine Finger nicht richtig in der Gewalt, um ruhig zu senden. Aber ich mußte die Verbindung aufrecht erhalten. »*QRX – QRX* (Bitte zu warten)«, funkte ich. »*Fliegen durch Wolken – MIN PSE* (eine Minute bitte).« Jetzt sahen wir wieder Sterne. Meine Hand hörte auf zu zittern. »*QRX – alles in Ordnung*«, tippte ich, ohne hinzusehen. Wieder Wolken vor uns; wieder flogen wir blind; wieder stiegen wir höher. Ich zitterte. Es war kalt, das war der Grund; wir waren höher. Man muß dafür sorgen, daß einem nicht kalt wird, wenn man Angst hat, hielt ich mir vor, sonst wird's noch schlimmer.

Ich zog eine zweite Bluse über und versuchte aufs neue zu arbeiten. Aber ich konnte in der völligen Dunkelheit meine Nachrichten nicht lesen und wagte nicht, die Lampe anzudrehen. Das hätte meinem Mann das Steuern erschweren können.
»*QRX – QRX – alles in Ordnung.*«

Ein Stück Papier flog mir gegen die Beine. Charles hatte mir den Text einer zu sendenden Nachricht reichen wollen. Ich machte Licht.

»⁹/₁₀ bedeckt«, las ich. »Zeitweise Böen ... Sicht ungefähr 5 Kilometer ... Tagesanbruch.«

Tagesanbruch! Welch ein Wunder. Ich bemerkte noch kein Anzeichen des neuen Tages, und doch mußte es bereits heller sein. Die Wolken hoben sich immer deutlicher vom Meer ab.

Tagesanbruch ... Gott sei Dank! Es war, als hätten wir in ewiger Nacht gelebt ... als sei dies die erste Sonne, die jemals aus dem Meer gestiegen war.

EIN LEUCHTTURM IN DER FERNE

»Posn 7.00 GMT (Schon 5 Stunden unterwegs.)
07° 25′ N
22° 30′ W
Kurs 224° genau
9/10 bedeckt auf 300 m Häufige Böen
Sicht unbegrenzt wenn nicht böig Meer ruhig
Windstärke null.«

Bei dem Wort *unbegrenzt* blickte ich auf. Herrliches Wort! Wie ein Fenster öffnet es sich in den geraden Wänden einer Wettermeldung. Wie oft hatte ich, wenn ich unter grauverhängtem Himmel auf einem nassen Flugfeld gestanden und die Wetterberichte aus dem Westen abgehört hatte, auf dieses Wort gewartet. »Newark – Newark – bedeckt – lokale Gewitter«, hatte die Stimme im Radio einförmig gemeldet. »Sunbury – Sunbury – Sicht drei Kilometer –« (Drüben in den Bergen.) »Bellefonte – Bewölkung nachlassend – Wolkendecke schätzungsweise auf 900 Meter.« (Klingt schon besser!) »Cleveland – Cleveland – Klarer Himmel und Sicht unbegrenzt –« (Fein ... wir konnten starten!)

Unbegrenzt, mein Puls schlug schneller, als ich dieses Wort hörte. Es drückt viel mehr aus als tadellose Flugverhältnisse. Es weckt Erinnerungen an weite, sanfte, wolkenlose Himmel, an den Morgen eines endlosen Sommertages, an spiegelglattes, sich seidig bis zum Horizont spannendes Meer.

Es war nicht etwa so, daß der Anblick, der sich mir jetzt von meinem Sitz aus bot, mit diesen Bildern übereingestimmt hätte, aber immerhin hatte sich das Wetter entschieden gebessert. Oder vielleicht war es nur die aufkommende Tageshelle, die diesen Eindruck in mir hervorrief. Ich konnte nun die

Wolken sehen, durch die wir gerade geflogen waren, schwarze, geballte Gewitterwolken, unter denen wir jetzt, heftig hin- und hergestoßen, dahinrasten. Sie waren ringsum, gleich einem dunklen Vorhang hingen sie schwer über uns. Darunter jedoch war die Sicht klar, und weiter weg sah es heller aus. Ja, es stimmte – »Sicht unbegrenzt« – nun würde alles leicht gehen.

Auch der Funkempfang war jetzt besser. Ich hörte gut genug, um nach dreifacher Sendung und vielen Wiederholungen eine Nachricht von Rio über die Landungsvorkehrungen in Natal zu empfangen. Es schien absurd, jetzt, wo uns noch mehr als ein halber Ozean von unserem Ziel trennte, ans Landen zu denken. Und doch hatte ich die Nachricht auf meinem Block.

»Rio Janeiro 6. Dezember Lindberghs KHCAL PAA Empfangsbarkasse in Natal (Würden wir wirklich jemals hinkommen?) *Befindet sich auf Fluß Südwestende Stadt stop Zwischen Stadt und großem Luftposthangar stop* (Als ob es uns irgendwelche Schwierigkeiten machen würde, die Barkasse zu finden, wenn wir erst einmal dort wären.) *Vorsicht hohe Funkmasten beim Luftposthangar stop* (Vorsicht! Funkmasten im hellen Tageslicht ... Vorsicht nach einem solchen nächtlichen Start ...!) *Einige Ersatzteile auf Barkasse vorrätig.«*

»Einige Ersatzteile vorrätig.« Die Leute dort drüben erwarteten uns also anscheinend *wirklich.* Der Hinweis auf eine solche Kleinigkeit ließ das Ziel förmlich näherrücken. Natal wurde Realität für mich; ich sah es geradezu schon vor mir liegen. Mit einem Male fühlte ich mich leicht und froh. Ich aß ein belegtes Brot. Ich begann, meinem Mann vergnügte Briefchen hinüberzureichen. Bis jetzt war für so etwas noch keine Zeit gewesen.

»Ich kann noch immer nicht glauben, daß wir wirklich

hochgekommen sind«, schrieb ich ganz aufgeregt. »Was hatte eigentlich das Gefauche des Motors zu bedeuten?«

»Unzureichende Benzinzufuhr«, kritzelte er zurück.

»Hatte geglaubt, Motordefekt beim Starten! Werden wir aus den Gewitterwolken herauskommen?« lautete meine nächste Frage.

»Nach und nach«, war die lakonische Antwort.

»Du bist doch ein großartiger Kerl«, schrieb ich ihm in plötzlicher Begeisterung.

Die einzige Antwort darauf war ein dicker Bleistiftpunkt. In der Sprache meines Mannes bedeutete das offenbar: »Hör auf mit dem Unsinn.«

Es war einfach alles wunderbar, der Start, der Tag und das Wetter. Nicht einmal die Gewitterwolken störten mich. Es machte mir geradezu Spaß, ordentlich gerüttelt zu werden, wenn wir unter den Wolken dahinflogen. Es wurde immer heller; ich gab meine Meldungen jetzt regelmäßig durch.

Plötzlich, mitten in einer normalen Verbindung mit Rio, hörte ich im Empfänger ein lautes Zeichen; es klang, als ob jemand mit schweren Schritten durch die Luft stapfte. Wer klopfte da an meine Tür?

»*KHCAL DE WCC.*«

WCC ... ich konnte es gar nicht glauben! WCC war viele tausend Kilometer entfernt. WCC war die große Funkstation in Massachusetts. Ich sah nach ... ja, es stimmte. Chatham, Massachusetts, rief uns.

»*Antwortet* (auf) *36 oder 54* (Meter)«, kam es klar durch.

Konnte das tatsächlich Chatham in den Vereinigten Staaten sein ... so laut? Das war unglaublich, geradezu unwirklich. Aber diese ganze Nacht war ja unwirklich; so antwortete ich denn aufs Geratewohl auf der Wellenlänge, die ich gerade benutzte – 57 Meter –, ohne mir die Mühe zu nehmen, auf die kürzere Welle umzustellen.

Die Station antwortete sofort; klar und kräftig, jedes Wort vollständig vernehmbar, kamen die Zeichen durch. Die dreifache Wiederholung war gar nicht notwendig, aber ich wollte nicht unterbrechen. Chatham, Massachusetts, fast 6500 Kilometer entfernt ... wie aufregend!

Langsam tröpfelte die Nachricht auf das Blatt meines Schreibblocks: »*Würden Sie beantworten beantworten beantworten einige einige einige Fragen Fragen Fragen erstes Funkinterview von von von Flugzeug.*«

Also auch hier, mitten über dem Ozean, Reporter, Zeitungen ... welche Enttäuschung! Meine aufregende Verbindung mit Chatham war ein ganz gewöhnliches Interview. Es war wie ein Traum, in dem langsam, langsam eine Türklinke niedergedrückt wird, und dann steht nur jemand mit einem dumm grinsenden Gesicht dahinter. Diese Nacht erschien mir jetzt noch viel unwirklicher als bisher.

»*Bedaure*«, klopfte ich zurück, »*zu beschäftigt müssen Wetterbericht von PVJ bekommen.*«

Hatte ich PVJ in der Aufregung verloren? Immer und immer und immer wieder rief ich diese Station, immer und immer wieder rollte ich die Antenne auf und ab und wechselte Spulen. Endlich hörte ich sie ganz schwach auf 36 Meter und funkte rasch unseren Standort.

Ja, er hatte mich gehört. Jetzt gab er das Wetter aus Natal durch.

»*WEA* (Wetter) *Natal*–«, begann es. Der Rest der Meldung aber kam immer schwächer, verlor sich dann ganz. Ich preßte den Kopfhörer fester an meine Ohren; ich beugte mich über die Skalen, aber ich hörte nichts mehr. Das Blindekuh-Spiel begann aufs neue.

DER TAG

Zehn Uhr ... acht Stunden waren geschafft, acht mußten noch bewältigt werden, die halbe Strecke. Hinter uns stand die Sonne jetzt schon hoch am Himmel. Der Tag war schön. Nur ein paar Wolken zogen in gleicher Höhe mit uns. Der Himmel hoch über uns war bedeckt, aber an vielen Stellen schimmerte es blau durch die graue Decke. Das Meer tief unten lag leicht gekräuselt und, so weit das Auge reichte, still und friedlich da. »Unbegrenzt« stimmte noch immer.

Aber ich war sehr müde, dabei hatten wir noch einen ganzen Tag vor uns, eine unerträgliche Last. Ich sendete jetzt stets mit geschlossenen Augen. Wenn ich sie, weil ich schreiben mußte, wieder öffnete, war mir, als müsse ich mich von der Müdigkeit des Tages und der Nacht zugleich befreien. Die Zeit – Stunden, Minuten, Sekunden – lastete als immer schwerer werdendes Gewicht auf meinen Lidern. Schlaf sank auf mich nieder gleich fallenden Federn. Eine einzige Feder noch, und ich würde untergehen, ertrinken in einem wohligen Meer.

Nein, du darfst nicht einschlafen, ermahnte ich mich. Wenn nun der Pilot in seiner Kanzel einnicken würde? Du mußt wach bleiben ... die Verbindung aufrecht erhalten.

Aber aus dem Empfänger war nichts zu hören, was mich wachgehalten hätte. Alle Geräusche waren nach und nach verstummt. Auch die Außenwelt schien in Schlaf versunken zu sein. Selbst die atmosphärischen Nebengeräusche hatten aufgehört. Jetzt wäre ich froh gewesen, sie zu hören. Alles wäre besser als diese tödlich stille, wie in Watte gehüllte Leere, in der ich das einzige lebende Wesen war.

Ich wechselte die Spulen. Ich rollte die Antenne auf und

wieder ab. Ich funke unsere Standorte »blind« in die Welt hinaus, in der Hoffnung, daß eine der *Pan-American*-Stationen auf der anderen Seite mich hören würde, auch wenn ich sie nicht hörte. (Später stellte sich heraus, daß das wirklich der Fall war.) Aber keine Antwort!

Vielleicht schlafe ich wirklich, dachte ich manchmal, und kann deshalb nichts hören. Jedenfalls ging das Drehen der Skalen und das Wechseln der Spulen sehr langsam. Mein Rücken schmerzte mich von der ununterbrochenen gebeugten Haltung, und die Ohren taten mir vom Druck der Kopfhörer weh. (Ich hatte meine Kappe über dem Kopfhörer ganz fest angezogen, in der Hoffnung, dadurch allen äußeren Lärm fernzuhalten und mich ganz in den Funkverkehr einzuspinnen.) Auch Daumen und Zeigefinger schmerzten, weil ich in meinem Eifer die Taste zu fest niederpreßte. Das wäre an und für sich nicht schlimm gewesen. Es waren lauter kleine, mit ein wenig Willenskraft leicht zu überwindende Unannehmlichkeiten. Doch wenn man sehr müde ist, ist auch der Wille müde. Er verläßt einen offenbar rascher als das Denkvermögen. Meine Gedanken waren vollkommen klar; ich wußte genau, was ich zu tun hatte, aber es schien mir nicht der Mühe wert, es auszuführen.

Jetzt mußt du dich aber endlich aufraffen... etwas dagegen unternehmen, sagte ich mir bisweilen.

Sehr schön, aber was? Es half ja doch nichts. Ich mußte meine ganze Kraft zusammennehmen, um nur hier sitzen zu bleiben.

Und doch mußte ich etwas versuchen, irgend etwas, auch wenn ich mir gar keine Hilfe davon versprach. Zuerst die Flasche her... ein Schluck Wasser. Nun ein bißchen Wasser auf das Taschentuch, das Gesicht befeuchten. Und jetzt ein belegtes Brot.

Erstaunlicherweise half es wirklich; ich fühlte mich wacher. Das Funkgerät aber war genauso tot wie vorher.

Mitten in meinen Bemühungen erhielt ich eine Mitteilung

von meinem Mann. Er wollte mit dem Sextanten einige Sonnenpositionen aufnehmen, um unseren genauen Standort zu überprüfen. Ob ich inzwischen das Flugzeug steuern wolle?

Natürlich wollte ich. Ich legte meinen Schreibblock beiseite und drehte den Steuerknüppel vor mir in seine Fassung. Wenn schon keine Funkverbindung zu bekommen war, so konnte ich mich wenigstens auf andere Art nützlich machen. Ich reckte mich, um das Steuer richtig führen zu können, streckte meine Beine aus, um die Seitenruder erreichen zu können, rückte sie sacht hin und her. Wie wohl tat es doch, die Stellung zu ändern, Arme und Beine einmal zu bewegen, aktive Arbeit zu verrichten.

Es war auch angenehm, hinauszublicken. Wir flogen jetzt tief, direkt über dem Wasser. Das Meer war von Sonnenschein und dunkelpurpurnen Schatten gesprenkelt. Die graue Decke über uns hatte sich in einzelne große, weiße Wolken aufgelöst, zwischen denen sich strahlend blauer Himmel zeigte. Mein Blick wanderte von den hellen Wolken in meine dunkel überschattete Kabine zurück, zu dem Kompaß, der vor mir auf dem Boden stand. Der schwingende Pfeil mußte parallel zu den weißen Strichen bleiben, wenn wir unseren geraden Kurs beibehalten wollten. Und die Maschine mußte sehr ruhig fliegen, während mein Mann den Sextanten ans Auge hielt. Meine Hände preßten sich enger um den Knüppel, meine Füße drückten fester auf die Seitenruder. So versuchte ich mich bei unserem Flugzeug einzuschmeicheln: »Jetzt sei so gut und schlage mal ein paar Minuten lang nicht aus wie ein ungebärdiges Füllen.«

Ich behielt meinen Kopfhörer auf und ließ die Antenne nachschleifen, um während der Beobachtungen meines Mannes weiter zu versuchen, Verbindung mit Funkstationen zu bekommen. Die Sonne stand jetzt hoch am Himmel und schien uns heiß auf den Rücken. Es war Mittag, und auch das Funkgerät schien seinen Mittagsschlaf zu halten. Wieder sendete ich »blind« unseren Standort.

Es kam keine Antwort. »Nil hrd auf 36 – nil hrd auf 54 – nil hrd 600 bis 900«, lauteten die Aufzeichnungen auf meinem Schreibblock. Immer wieder »nil« ... nichts.

Wie stand es mit den Sonnenbeobachtungen? Ich blickte nach vorne auf meinen Mann und versuchte, in seinen Mienen zu lesen. Er sah unzufrieden aus. Machte er Berechnungen auf seinem Schreibblock? Nein, er nahm den Sextanten auseinander! Offenbar war etwas nicht in Ordnung; die Beobachtungen ergaben kein richtiges Resultat. Wir waren jetzt auf halbem Weg, und Funknachrichten zu erhalten, war lebenswichtig für uns. Wieder mühte ich mich mit der Antenne ab.

Jetzt ... jetzt hörte ich etwas. Signale ... eine Antwort.

CRKK – Porto Praia! Porto Praia, das wir längst hinter uns gelassen haben, weiter von uns entfernt als die südamerikanischen Stationen. Ist es der »Chef«, fragte ich mich, der die Nacht oben im Funkhaus durchwacht? Natürlich konnte es auch der blasse kleine Funker sein. Aber das glaubte ich nicht. Ich war nun einmal überzeugt davon, daß es nur der »Chef« in seinem zu weiten grauen Anzug sein könne. Er hatte unseren Funkspruch erhalten und »paßte auf uns auf«. »Wir passen immer auf Sie auf«, hatte er einmal gefunkt. »*PSN PSE* (Bitte Standort angeben)«, bat er nun.

Das war unser eigentlicher Abschied von der Insel. So sehr ich mich auch um 12 Uhr 45 bemühte, ich konnte die Station nicht mehr hören.

»UND ALLE LAMPEN SIND ENTZÜNDET«

Nachdem ich um 12 Uhr 45 zweimal vergeblich versucht hatte, Verbindung mit Porto Praia zu bekommen, blieb mir in meiner Verzweiflung nichts übrig, als eine Sendung CQ »an alle« in die Welt hinauszufunken. Vielleicht würde ein Schiff antworten. Ich beschloß, den Funkspruch mit *Flugzeug Lindbergh* zu unterzeichnen, statt mit KHCAL. Möglicherweise würde das zu einem besseren Ergebnis führen; zuweilen half es nämlich. Stationen, die sich dem Zeichen KHCAL gegenüber als stocktaub erwiesen hatten, reagierten mitunter überraschend schnell auf *Flugzeug Lindbergh*. Ich bediente mich dieses unsachlichen Sendezeichens nur, wenn nichts anderes mehr übrigblieb. Ich fand es etwas unsportlich, so etwa, wie wenn man lebende Köder statt der künstlichen Fliege an seinen Angelhaken steckt.

Jetzt aber war mir das ganz egal. Natürlich war es möglich, daß mich die *Pan-American*-Stationen die ganze Zeit hörten, obgleich ich sie nicht vernahm, aber ich brauchte jetzt eine Antwort, etwas, woran ich mich halten konnte.

»*CQ CQ* (An alle Stationen) *Empfang 28 bis 48* (Meter) *Flugzeug Lindbergh*.«

»*Lindbergh Lindbergh Lindbergh*.« Kaum hatte ich den Köder ausgeworfen, als auch schon ein Fisch anbiß!

»*DDEA SS Caparcona Richtung Rio CRK* (Ich höre Sie gut. Ihre Zeichen sind deutlich.).«

Ein Schiff antwortete uns ... laute, klare Zeichen. Gott sei Dank, endlich hatte ich jemand erwischt. Sie gaben mir ihren Standort und die Wetterlage und ersuchten uns um die gleichen Auskünfte.

»*OK*«, kam die Antwort, »*Ihr Ziel?*«

Unser Ziel? Nun, natürlich Natal. So tief hatte sich das Ziel, dem wir zusteuerten, in mein Bewußtsein eingeprägt, daß mich eine Frage danach geradezu überraschte. Seit Wochen war dies unser Ziel. Der schon halbvergessene Flug die afrikanische Küste hinunter; das lange Warten inmitten des rötlichen Staubs von Santiago; die vergeblichen Startversuche in Bathurst; der nächtliche Anlauf über die windstille Bucht; die lange Arbeitsnacht, die gerade hinter uns lag ... alles galt dem Ziel – Natal.

Und doch war es aufs neue seltsam erregend, ganz sachlich, kurz, klipp und klar die Worte »*Ziel Natal*« zu senden. Denn heute war Natal in einem anderen, einem wirklicheren Sinn unser Ziel geworden. Geradewegs rasten wir darauf los, wie ein Pfeil vom Bogen schnellt ... »*Ziel Natal*«.

Das Flugzeug schaukelte leicht hin und her. Mein Mann hatte das Steuer bewegt, um meine Aufmerksamkeit zu erregen. Rasch richtete ich mich auf. Was gab es? Seine rechte Hand zeigte gegen Norden. Dort war am blauen Horizont ein Schiff zu sehen! Das erste, das wir seit den einsamen Lichtern unter uns, vor elf Stunden, knapp nach unserem Start von Bathurst zu sehen bekamen. Als winziger Fleck nur hob es sich vom Horizont ab, und doch war es tröstlich wie die erste Sicht von Land und dabei hell wie ein Leuchtfeuer.

Seltsam, wie die geringste Spur menschlichen Lebens in der Einsamkeit eine Landschaft zu erhellen vermag. Wenn ich die Einöden von Arizona oder New Mexico überflog, waren mir ein paar von Menschenhand aufeinander geschichtete Steine oder ein einzelnes, einmal bebaut gewesenes Stückchen Land wie ein fernes, von Sonne überstrahltes Feld erschienen. Ein seltsamer Glanz lag darüber, der nicht von Beleuchtungs- oder Farbeffekten herrührte, sondern ein warmes, lebendiges Zeichen menschlicher Gegenwart bedeutete, ein glühendes Stückchen Asche vom Feuer des Prometheus.

Das Schiff dort unten jedoch, das erste Schiff, dem wir auf der südamerikanischen Seite des Atlantiks begegneten, war mehr als ein Stückchen glühender Asche. Es war ein Funke des Lebens selbst. Wie ein Gestirn erschien es uns, um das Himmel und Meer kreisen bis ins Unendliche. Ja, dieses Schiff beleuchtete den Ozean gleich einer Lampe.

Wieder blickte ich von meiner Arbeit am Funkgerät auf. Was gab es nun? Wir gingen tiefer. Mein Mann wies auf etwas, das sich gerade vor ihm befinden mußte. Von meinem Sitz aus konnte ich es nicht sehen. Doch ja ... jetzt ... dort war ein zweites Schiff, diesmal genau in unserer Flugrichtung, ein Frachtdampfer, der langsam, eine weiße Schaumspur hinter sich herziehend, dahinfuhr. Rasch näherten wir uns, immer tiefer, tiefer, tiefer ging es jetzt. (Was mochten sich die Leute auf dem Schiff wohl denken, als sie uns so plötzlich vom Himmel herab auf sich zukommen sahen? Ob unser Anblick sie wohl geradeso erregte, wie uns der ihre? Ein zweites Schiff! Wir mußten also jetzt mitten über einem Knotenpunkt verschiedener nach Südamerika führender Verkehrswege sein.) Nun waren wir schon dicht über dem Schiff; seine Masten, sein Schornstein grüßten zu uns herauf. Als wir über den Dampfer hinbrausten, gehörten wir eine Sekunde lang zu seiner Welt. Das Schiff dort unten, wir hier oben; getrennt durch mehrere Tage langsamer Wasserfahrt, die es noch vor sich hatte, gehörten uns doch diese kurze Sekunde lang Zeit und Raum gemeinsam. Der blaue Stern auf seinem Schornstein, die Verdecke, die Ladung konnten wir erkennen ... nun auch jemand, der uns zuwinkte. Und am Schiffsrumpf konnte ich jetzt im Vorbeifliegen den Namen des Schiffes lesen: *Aldebaran*. (Aldebaran, guter, schöner Stern ... ein glückliches Vorzeichen!)

Hinauf jetzt ... hinauf ... hinauf, wir klommen wieder empor in unsere eigene Welt, unsere eigene Zeit. Die *Aldebaran* war nun schon hinter uns zurückgeblieben; mühselig zog sie ihre Spur durch das Wasser. Auch ihr Ziel war Südamerika; wie lange würde sie wohl dorthin brauchen? Wir aber, wir würden heute abend, ja, heute nachmittag schon in Natal sein. Nur noch vier Stunden ...

»Arcturus, Aldebaran, Alpheratz«, ging es mir immer wieder durch den Kopf, als wir wieder unseren geraden Kurs fortsetzten. Vielleicht hatte der erste weiße Fleck am Horizont *Arcturus* geheißen ... vielleicht würde das nächste Schiff, dem wir begegneten, die *Alpheratz* sein.

Aber das nächste Schiff war nicht die *Alpheratz*, sondern die *Westfalen*, der deutsche Flugzeugträger, der im Atlantischen Ozean als Stützpunkt für den Überseeflugdienst stationiert war. Sie hatte Fernando de Noronha, die winzige Insel vor der brasilianischen Küste, am Morgen passiert und lag fast genau auf unserem Kurs. Wir waren seit etwa zwei Stunden in Funkverbindung mit ihr, hatten ihr Wetter- und Standortberichte übermittelt und sie auf einer langen Welle angepeilt. Sie gab uns ihre Position durch, und mit einer nur geringen Kursänderung flogen wir jetzt gerade auf sie zu.

»*ORT* (Sendung unterbrechen)«, gab uns der Bordfunker des Schiffes plötzlich an, »*sehen euch auf Backbord.*«

Ich blickte über den Rand des Cockpits. Dort drüben war die *Westfalen*; das breite Schiff dampfte gerade vor uns her. Sein Flugzeug, die Startbahn und der eckige Arm des Heckkrans sahen aus dieser Entfernung wie Spielzeug aus. Wir gingen tiefer, uns dem Schiff zu nähern.

Mit einem Male erkannte ich auch die Leute auf Deck; viele nackte Arme winkten grüßend; der Dampf von Salutschüssen stieg auf, wenn wir auch die Schüsse selbst, die der Lärm unseres Motors übertönte, nicht hören konnten.

Ich winkte begeistert, zutiefst erfüllt von dem erregenden Erlebnis. Einander begegnen, einander finden ist ja wohl das Erregendste, was es in der Welt gibt, ob man in einem Buch davon liest oder selbst das Wunder des plötzlichen Verbundenseins zweier Wesen erlebt. Das Zusammentreffen von zwei verschiedenen Kontakten in der gleichen Sekunde aber rief nun in mir ein Gefühl beinahe unerträglicher Spannung hervor. Die ganze Nacht und den ganzen Tag hindurch hatte ich mich damit abgemüht, Funkverbindungen herzustellen. Ich hatte mich mit unsichtbaren Menschen nur vermittels meiner Finger und meines Gehörs verständigen können, wie ein Blinder. Nun aber konnte ich plötzlich *sehen*. Ein Schleier war herabgeglitten. Ich konnte sehen ... richtig mit den Augen sehen. Einer jener Leute, die mir von dort unten aus zuwinkten, mußte der Funker sein, mit dem ich gesprochen hatte. Wieder hob ich grüßend den Arm. Welch wundervolles Erlebnis!

Jetzt waren wir auch an diesem Schiff vorbei. Wir stiegen wieder höher, zurück ins Reich der blinden Verbindung mit der Außenwelt.

»*Vielen Dank für die Unterstützung*«, funkte ich.

Der Funker der *Westfalen* antwortete. Er begann mit den Kursangaben auf Fernando de Noronha und Natal, ließ »*Weihnachts- und Neujahrswünsche*« folgen und unterzeichnete die Sendung »*von allen auf DDWE.*« (Jene auf Deck der *Westfalen* grüßend geschwenkten Arme.) Weihnachtsgrüße ... auf diesem tropischen Meer! Nie noch hatte ich mich so weit entfernt von Weihnachten gefühlt. Aber schließlich hatten wir ja doch Dezember. Der 6. Dezember ist heute, fiel mir ein. Wie nah das Fest schon war ... »Die Männer segeln von Troja heim, und alle Lampen sind entzündet.« Der Vers kam mir in Erinnerung wie stets, wenn es wieder nach Hause ging. Im Rhythmus des fahrenden Zuges war er mitgeklungen, wenn ich aus der Schule heim kam, und in den Maschinen des in den Hafen einfahrenden Dampfers hatte er gepocht. Und nun war er wieder da:

> Die Männer segeln von Troja heim,
> und alle Lampen sind entzündet.

Ich fühlte mich sehr glücklich. Wir waren nur noch 64 Kilometer von Fernando de Noronha entfernt. Der Tag war klar und kühl. Ich war gar nicht mehr schläfrig. Bis in die Unendlichkeit hätte ich so weiterfliegen können, und doch war es schon bald vorüber. Entlang der brasilianischen Küste flogen wir Natal entgegen. Jetzt waren wir über Fernando de Noronha, das kahle Inselchen mit seiner einzigen steil emporragenden Bergspitze. Schon lag sie hinter uns. Jetzt geradewegs Kurs auf Natal, und wir waren wieder in Verbindung mit der *Pan-American*-Station in Ceara.

»*Posn 16.45 GMT*«. (Fast fünfzehn Stunden geschafft – eine lag noch vor uns.)

Nur noch eine Stunde! Eine Stunde war gar nichts. Eine Stunde hatte ihr bestimmtes Maß. Als Kind mußte man sich »eine Stunde hinlegen«, und dann lag man auch wirklich eine Stunde lang brav auf dem Diwan und starrte zu den die Deckenlampe umsurrenden Fliegen empor. In der Schule dauerte es immer eine Stunde von einer Pause zur nächsten ... das Knirschen der Kreide an der Tafel während dieser Unterrichtsstunde ... die springenden Zeiger auf der Wanduhr ... der durch das Fenster hereindringende lockende Geruch brennenden Herbstlaubs. Eine Stunde auch dauerte die Fahrt von Englewood nach New York. Ich stellte mir jetzt diesen Weg vor, ich fuhr in Gedanken jedes Stückchen der Straße noch einmal, und wenn ich damit fertig wäre, würden wir vielleicht schon ...

Zuerst durch den Park, dann die Kurve ... so eine schlimme Kurve, Vorsicht, langsam. Durch das Tor mit den silbernen Birken, deren jede sich vorbeugte, um mich zu begrüßen. An der großen, jetzt unbewohnten Brinkerhoff-Besitzung vorbei ... geschlossene Fensterläden, üppig wucherndes Unkraut, wo einst gepflegter Rasen gewesen war. Jetzt bergauf ... der Motor schnurrt. Der Park mit den Magnolien. Buchen nun ... Erinnerung an die Zeit, als ich Rad fuhr. An der Schule vorbei, an unserem alten Haus, an der Kastanie ... dort die Ulme, wo wir als Kinder im Sand spielten. Es steigt weiter, an Woodland Street vorbei, wo wir zu reiten pflegten. Der Teich, auf dem wir Schlittschuhlaufen lernten, eine winzige Pfütze nur mit einer Holzbrücke, aber damals kam sie uns breit wie der Hudson vor. Weiter hinauf ... bis zu den Felsen dort oben gingen wir als Kinder sonntags immer spazieren. Jetzt langsam hinunter ... Vorsicht, den Fuß auf die Bremse, dann ...

Mein Mann bewegte wieder den Steuerknüppel. Ich blickte auf. Die erste verschwommene Küstenlinie stieg drüben am Horizont aus dem Meer auf ... Südamerika. Der Anblick wirkte auf mich nicht so erregend wie die Begegnung mit den Schiffen. Damals kam es mir zum erstenmal zum Bewußtsein, daß wir »drüben« waren. Südamerika ... nun, das mußte ja kommen ... und jetzt war es da.

Immerhin unterbrach ich meine Autofahrt von Englewood nach New York und ließ die undeutliche Linie nicht mehr aus den Augen; ich beobachtete, wie aus einem unbeweglichen Wolkenrand ein deutlich wahrnehmbarer, unregelmäßiger Umriß wurde.

Die Männer segeln von Troja heim,
Und alle Lampen sind entzündet.

Jetzt würden wir im Nu dort sein. Ich wandte mich wieder dem Funkgerät zu; abermals rief uns Ceara. Die Station hatte eine Meldung für uns. Ich schrieb sie nieder. Es war die gleiche, die wir vor beinahe zehn Stunden, als es noch dunkel war, aus Rio erhalten hatten ... drüben, auf der anderen Seite des Ozeans. Ich reichte sie meinem Mann hinüber. Wie seltsam es war, sie nun, da wir fast dort waren, nochmals zu lesen:

> »*PAA Empfangsbarkasse in Natal* (Die Küste von Brasilien breitete sich in dem leichten Nebel vor uns niedrig und grün aus.) *Befindet sich auf Fluß* (Wir näherten uns ihm jetzt sehr rasch, nur noch ein paar Minuten die Küste entlang.) *Südwestende Stadt stop* (Da war endlich Natal – die Gruppe weißer, sich den Hügel hinanziehender Häuser,

die Palmen dort am Horizont.) *Zwischen Stadt und großem Luftposthangar stop* (Mein Mann drehte sich zu mir um und machte mit der Hand ein Zeichen: ›Noch fünf Minuten‹.) *Vorsicht hohe Funkmasten* (Dort waren sie, ja, das war der Hangar; wir umkreisten ihn bereits!) *Einige Ersatzteile auf Barkasse vorrätig* (Nun sah ich sie bereits, eine weiße, viereckige Barkasse mit amerikanischer Flagge).«

Rasch schraubten wir uns hinunter. Ich hatte kaum Zeit, nach Ceara zu funken, daß wir landeten. Rasch die Antenne aufspulen, ehe sie aufs Wasser aufschlägt. Das Funkgerät abstellen. Den Kopfhörer von den Ohren herunter. (Endlich! Meine Ohren waren schon ganz wund von dem Druck.) So, jetzt ein bißchen Toilette machen. Wasser aufs Taschentuch. Mal rasch übers Gesicht fahren. Das Haar kämmen. Die Kappe wieder aufsetzen und den Gurt für die Landung festschnallen.

Gerade rechtzeitig fertig geworden. Wir schwebten ganz dicht über dem Wasser. Den Motor abgestellt; der Propeller surrt leise; wir lassen uns sanft nieder wie eine müde Möve. Jetzt ... berühren wir die Wasserfläche, hüpfen darüber hinweg wie ein vom Ufer her geschleuderter Stein. Jetzt tauchen wir ins Wasser ... langsam nun ... brausend ergießt sich Schaumflut über die Schwimmer. Die Maschine schnellt vor. Ein Luftstoß, als der Motor wieder angelassen wird ... das Flugzeug wendet schwerfällig, steuert langsam durch das Wasser der Barkasse zu. Nun ist es wieder ein Geschöpf des Wassers, kein frei durch die Luft schwebender Vogel mehr.

Ich zog meinen Schreibblock heraus und notierte, während das Flugzeug auf den Wogen hin- und herschaukelte, mit unsicherer Hand: »Natal gelandet 17.55 GMT.«

»UND WENDE DEN BLICK VOM MEER«

Es war plötzlich drückend heiß. Die Sonne glühte backofenheiß auf die flach überdachte Barkasse nieder. (In Natal war es jetzt drei Uhr.) Das Bedürfnis nach Schlaf strömte in warmen Wellen auf mich ein. Ganz benommen war ich plötzlich, mein Kopf war wirr und leer.

Rasch wurden wir vom Schiff zum Ufer gebracht; dann fuhren wir in einem Auto durch die grellweißen Straßen, über Serpentinen einen Hügel hinauf zu einem kühlen, hoch über der Stadt gelegenen Haus.

Und dann klommen wir steil empor zu einem Bungalow. Unsicher berührten meine Füße wieder festen Boden; meine Gedanken waren ganz umnebelt. Mein Schuh stieß im Gehen gegen lose Steinchen und wirbelte Staub auf.

Wieder, immer wieder diesen Hügel hinauf, ging es mir zusammenhanglos durch den Kopf; meine Gedanken machten einen Sprung zurück über den Ozean, zurück durch die Zeit. Würden wir denn nie hinauf kommen ...? »Was ist das für ein Hügel?« fragte ich mich plötzlich; jäh wurde ich wach. Wir waren ja diesen Hügel noch nie hinaufgeklettert. Wir waren nicht mehr in Porto Praia, wir waren in Brasilien.

Oben angelangt, hielten wir einen Augenblick inne und blickten hinab auf grüne Dächer und im Wind wehende Palmen, über den braunen, gestreiften Fluß hinaus auf das blaue, mit Schaumwellen betupfte Meer.

Schaumwellen ... Ich fuhr unwillkürlich auf ... dann gab es ja Wind, guten Wind!

Wind! Lächelnd hielt ich in meinem Gedankengang inne. Wir waren ja nicht in Bathurst; wir waren in Natal. Wir brauchten den Wind nicht mehr.

»WIND AN VIELEN KÜSTEN« ist der Bericht einer Episode des Erkundungsflugs rund um den nördlichen Atlantik, den Anne Morrow Lindbergh gemeinsam mit ihrem Mann Oberst Charles A. Lindbergh 1933 ausgeführt hat. Die Geschichte umfaßt den Zeitraum zwischen dem 27. November und dem 6. Dezember 1933

Anne Morrow Lindbergh

Halte das Herz fest
Die Hochzeit. Aus dem Amerikanischen von Maria Wolff.
258 Seiten. SP 513

»Halte das Herz fest« ist ein mutiges Buch, in dem sich eine Frau mitteilt, die jede Verherrlichung scheut und den Fragen und Konflikten des Daseins ihre ganze reife Persönlichkeit entgegenstellt.

Verschlossene Räume, offene Türen
Jahre der Besinnung.
Aus dem Amerikanischen von Elisabeth Piper.
331 Seiten. SP 1658

»Wer Charles Lindbergh als Jahrhundertmenschen sieht, liest die literarischen Notizen seiner Ehefrau nicht ohne Erregung.«
Frankfurter Allgemeine Zeitung

Blume und Nessel
Jahre in Europa.
Aus dem Amerikanischen von Elisabeth Piper.
371 Seiten. SP 1934

»Blume und Nessel« erzählt in Briefen und Tagebuchaufzeichnungen von den Jahren 1936 bis 1939, in denen das Ehepaar Lindbergh in Europa lebte, es ist die persönliche Geschichte zweier junger Amerikaner inmitten der Schönheit und Vielfalt der europäischen Szenerie. »Blume und Nessel« ist Dokument und erzählender Bericht, ein Buch zum tieferen Verständnis der Vorkriegsjahre, ein lebendiges Zeugnis einer von Arbeit und Pflichten geprägten, glücklichen Ehe.

Wind an vielen Küsten
Aus dem Amerikanischen von Elisabeth Piper.
184 Seiten. SP 653

Anne Morrow Lindberghs Aufzeichnungen eines Atlantikflugs zeugen von ihrer Sensibilität, ihrer Willenskraft, ihrem Abenteuergeist und von der erstaunlichen Zusammenarbeit des Fliegerehepaars Lindbergh.

Muscheln in meiner Hand
Eine Antwort auf die Konflikte unseres Daseins. Aus dem Amerikanischen von Maria Wolff. Übertragung der Gedichte von Peter Stadelmayer. 132 Seiten. SP 1425

SERIE PIPER

Alessandro Baricco

Seide
Roman. Aus dem Italienischen von Karin Krieger. 132 Seiten. SP 2822

Der Seidenhändler Hervé Joncour führt mit seiner schönen Frau Hélène ein beschaulich stilles Leben. Dies ändert sich, als er im Herbst 1861 zu einer langen und beschwerlichen Reise nach Japan aufbricht, um Seidenraupen für die Spinnereien seiner südfranzösischen Heimat zu kaufen. Dort gewinnt er die Freundschaft eines japanischen Edelmanns und begegnet einer rätselhaften Schönheit, die ihn für alle Zeit in den Bann zieht: ein wunderschönes Mädchen, gehüllt in einen Seidenschal von der Farbe des Sonnenuntergangs. Auf jeder Japan-Reise, die er fortan unternimmt, wächst seine Leidenschaft, wird seine Sehnsucht unstillbarer, nie wird er aber auch nur die Stimme dieses Mädchens hören. – In einer schwebenden, eleganten Prosa erzählt Baricco eine Parabel vom Glück und seiner Unerreichbarkeit. Der Leser wird eingehüllt von der zartbitteren Wehmut, die dieses zauberhaft luftige Bravourstück durchzieht.

»Der Roman Alessandro Baricco ist gewebt, wie der Stoff, um den es geht: elegant und nahezu gewichtslos. Die Geschichte ist komponiert wie ein Musikstück, jedes Wort scheint mit Bedacht gewählt, jede Ausschmückung, jedes überflüssige Wort ist fortgelassen. Das schmale Buch bekommt durch diese Reduktion seine außergewöhnliche Dichte, seine kühle, in manchen Passagen spöttische, zugleich seltsam melancholische Stimmung.«
Sabine Schmidt, BücherPick

Land aus Glas
Roman. Aus dem Italienischen von Karin Krieger. 270 Seiten. SP 2930

Ein Buch über die Welt der Sehnsucht und die Welt der Liebe, voller Poesie, Witz und Weisheit. Ein Buch über Zeit und Geschwindigkeit, über Musik und Gefühle, über Genies, Spinner und Erfinder.

Novecento
Die Legende vom Ozeanpianisten. Aus dem Italienischen von Erika Cristiani. 96 Seiten. SP 3085

Sergio Bambaren
Der träumende Delphin
*Eine magische Reise zu dir selbst.
Aus dem Englischen von Sabine
Schwenk. 95 Seiten mit
10 farbigen Illustrationen von
Heinke Both. SP 2941*

Was du tust ist wichtig, wichtiger aber ist, wovon du träumst – und daß du an deine Träume glaubst. Dies ist die Botschaft, die wir von dem träumenden Delphin lernen können. Wie einst »Die Möwe Jonathan« hat dieses Buch unzählige Leserinnen und Leser auf der ganzen Welt begeistert.

Der junge Delphin Daniel Alexander ist ein Träumer: Er ist davon überzeugt, daß es im Leben mehr gibt als Fischen und Schlafen, und so verbringt er seine Tage damit, auf den Wellen zu reiten und nach seiner eigenen Bestimmung zu suchen. Eines Tages spricht die Stimme des Meeres zu ihm und verkündet, Daniel werde den Sinn des Lebens finden, und zwar an dem Tag, an dem ihm die perfekte Welle begegnet. So beschließt der junge Delphin, das sichere Riff seiner Artgenossen zu verlassen. Auf seiner langen Reise trifft er nicht nur viele andere Fische und einige menschliche Wellenreiter, sondern schließlich auch die perfekte Welle... Sergio Bambaren erzählt eine wunderbare Geschichte über unseren Mut, unsere Ängste und unsere persönlichen Grenzen – ein Plädoyer für die selbstbestimmte Suche nach dem Sinn des Lebens und die Realisierung der eigenen Träume.

»Eine hinreißende Geschichte mit wunderschönen Illustrationen.«
MAX

SERIE PIPER

Bernard Werber

Das Buch der Reise
Dein Weg zu dir selbst. Aus dem Französischen von Stephanie Oruzgani. 155 Seiten. SP 3085

»Das Buch der Reise« ist ein ungewöhnliches, ein erstaunliches Buch: Es spricht den Leser direkt an, nimmt ihn an der Hand und geht mit ihm auf eine spannende Reise durch die vier Elemente. Luft, Erde, Feuer und Wasser ermöglichen uns eine neue Sicht auf unsere Welt, unser Leben, unsere Vergangenheit und Zukunft. Es zeigt, wie wir zu mehr Kraft und innere Gelassenheit gelangen können, wenn wir uns selbst in einem größeren Zusammenhang sehen. Wer sich auf dieses wunderbare Abenteuer einläßt, wird das Buch nicht mehr aus der Hand legen und noch Tage danach wie verzaubert sein. Ein Geschenk für alle, die sich von der Magie der Worte in neue, unbekannte Welten entführen lassen wollen, und eine Anleitung für all jene, die bereit sind für Träume der besonderen Art.

Die Ameisen
Roman. Aus dem Französischen von Michael Mosblech. 371 Seiten. SP 2842

Am liebsten in der Luft
Abenteuerliche Fliegerinnen. Herausgegeben von Susanne Aeckerle. 169 Seiten. SP 3043

Nichts ist schöner als Fliegen – diesem Motto folgten Frauen schon Anfang unseres Jahrhunderts. Es waren mutige und starke Frauen, und sie flogen als erste Frau über den Atlantik wie Amelia Earhart oder nonstop von Afrika nach Südamerika wie Anne Morrow Lindbergh. Diese abenteuerlichen Frauen brachen in eine klassische Männerdomäne ein und suchten über die Grenzen der Schwerkraft hinaus nach dem Neuen, Unbekannten und nach der persönlichen Herausforderung. Auf ihren Flügen hoch über den Wolken erlebten sie die magische Kraft des Fliegens, das Glück der Einsamkeit und die vollkommene Übereinstimmung mit sich selbst. Geschichten von und über die berühmtesten abenteuerlichen Pilotinnen sind in diesem Band vereint: Amelia Earhart, Beryl Markham, Elly Beinhorn, Anne Morrow Lindbergh, Anne Spoerry, Melli Beese, Heather Stewart und viele andere.

Madeleine Bourdouxhe

Gilles' Frau
Aus dem Französischen von Monika Schlitzer. Mit einem Nachwort von Faith Evans.
166 Seiten. SP 2605

Madeleine Bourdouxhes Drama einer zerstörerischen Leidenschaft ist eine Wiederentdeckung von höchstem literarischen Rang. Die leidenschaftliche Dreiecksgeschichte zwischen Elisa, ihrer Schwester Victorine und Gilles ist in ihrer Direktheit und Ausweglosigkeit ein Glanzstück der klassischen Moderne: Sinnlich, kühn – und von kammerspielartiger Intensität.

»Schwer zu sagen, was beeindruckender an der Leistung Madeleine Bourdouxhes ist: die kühle Liebe zu ihren Figuren oder die unsentimentale, aber doch fast zärtliche Darstellung ihrer Zerrüttung ... Madeleine Bourdouxhe formt kleine Szenen aus dem Alltag zu einer klassischen Tragödie. Mit einer kühlen, präzisen Sprache entwirft sie Bilder von höchster Anschaulichkeit und Glaubwürdigkeit, Stilleben der Seele, die den Leser durch ihre innere Spannung sofort fesseln. Gerade die scheinbar ruhig distanzierte Darstellung schafft einen Sog der Erzählung, dem man sich nicht entziehen kann. Da ist kein Wort zuviel, und jeder Satz zieht den Leser tiefer hinein in diese verhängnisvolle Affäre.«
Die Woche

Auf der Suche nach Marie
Roman. Aus dem Französischen von Monika Schlitzer. Mit einem Nachwort von Faith Evans.
192 Seiten. SP 2969

»Dieser Roman ist einer der schönsten Liebesromane, die es momentan zu lesen gibt.«
Die Woche

Wenn der Morgen dämmert
Erzählungen. Aus dem Französischen von Monika Schlitzer und Sabine Schwenk.
152 Seiten. SP 2067

»Sie wurde in der französischen Literaturszene gefeiert wegen ihrer subtilen und dichten Sprache, wegen ihrer genauen Beobachtungen und vor allem wegen der ungeheuren Intensität, mit der Madeleine Bourdouxhe Ängste, Hoffnungen, Stimmungen und Stille beschreibt.«
Der Spiegel